それが恋とは知らないで

棒名　悠

LiLiK Label
大誠社リリ文庫

本作品はフィクションです。
実在の人物・団体・事件などには一切関係ありません。

Contents

イラスト／すがはら竜

十七歳の青柳圭一《あおやぎけいいち》は恋をしたことがなかった。

そもそも、「恋」がどういうものなのかわからなかった。

わからなかったので、辞書を引いてみる。しかし、やはりピンとこない。

ふと、ある同級生の姿が脳裏に浮かんだ。

あいつならこの文字が示す意味を理解できるのだろうか。恋をしている彼だったら、どんなふうに解釈するのだろう。少しだけ興味が湧く。

だが、わざわざこのために彼に声をかけるのは憚《はばか》られた。

きっと自分には縁のない言葉なのだろう。だから、わからないのだ。

そう考えて、理解しようとするのをやめた。

▼1▲

――早く帰りたい。

青柳圭一は持て余したグラスの中の水面にため息を落とした。

貸し切りの大広間には座卓が三つ平行に並んでいて、食べ散らかした料理皿に空っぽのジョッキやグラスが所狭しと置かれている。あちこちから聞こえてくる男女の笑い声が次第に大きな渦《うず》となり、隅っこで小さくなっている圭一目掛けてわんわんと襲いかかってくるようだった。人の熱気と声に悪酔いしそうになる。

インカレサークル――複数の大学の学生で構成されたサークルのことをいい、イベントサークル『ナイン』もその一つだ。今日は毎年恒例の新入生歓迎コンパである。

主役は今年入学した新入生なのだが、これだけ人が集まっていると誰が何年生なのかさっぱりわからない。

今も、ただでさえ満杯の部屋に後から後から人が流れ込んできて、辺りは人でごった返していた。そろそろトコロテン方式に隅っこからポンポンと外に排出されてもいいのだが、生憎《あいにく》圭一の左側と背後は壁である。なるべく出入り口に近い場所に座って、さりげなく退室する予定だったのに、いつの間にか出口から一番遠い場所へと追いやられていた。

しかし、この大人数の中に圭一のことを知っている人間がどれほどいるだろうか。

トイレへ行くフリをして帰ったところで、誰も気にも留めないだろう。唯一、圭一をこの場に誘った先輩の蛍川《ほたるかわ》が怪訝《けげん》に思うかもしれないが、後で連絡を入れておけばいい。

よし、そうしよう。

圭一は心に決めて、汗を掻いたぬるいグラスをテーブルに置いた。その時だった。

「お前、青柳？」

いきなり名前を呼ばれて、圭一はビクッと体を震わせた。

ハッと顔を上げる。誰もいなかったはずの対面に人が座っていて、ぎょっとする。

大学でもよく見かける流行《はや》りのヘアスタイルをした男が頬杖をつき、じっとこちらを見て言った。

「ああ、やっぱりそうだ」

男がニイッと唇を引き上げる。右口端の下にある小さなほくろも一緒に動く。

「青柳圭一だよな、お前」

「――！」

圭一は瞬時に自分の顔が凍りつくのがわかった。

一瞬、頭の中が真っ白になる。どうして、こいつがここにいるのだろう――？

「こんな隅っこで一人ポツンと浮いてるヤツがいるなと思ったら、妙に見覚えのある顔だったからさ。おい？」

彼が怪訝そうに問いかけてきた。

「まさか、俺のことを忘れたんじゃないだろうな？」

「！」

ずいっとテーブルに身を乗り出されて、圭一は反射的にビクッと背筋を伸ばした。慌てて尻で畳をずり下がりながらブンブンと首を左右に振る。

忘れるわけがなかった。

だが、こんなところで再会するとも思っていない。

コンパが始まってからずっと、ぬるいドリンクでちびちびと喉を潤していたにもかかわらず、口の中がカラカラに乾き切っている。

「……よ、吉野《よしの》……っ」

ようように絞り出した声は酷く引き攣《つ》っていた。

吉野が切れ長の目を軽く瞠《みは》った。

「何だよ、ちゃんと覚えてるんじゃねーか。変な顔して俺のことを見てくるから、忘れられたのかと思った。まあ、高校を卒業してからまだ一年しか経《た》ってないもんな。お前、全然変わってないから遠くからでもすぐわかったよ。久しぶりだな、元気だったか？」

おかしな汗がじっとりと滲《にじ》み出てくる。背中や脇や手のひらが気持ち悪いほど汗ばみ、挙動不審になる圭一とは反対に、吉野は呑気《のんき》に笑っていた。

「……ああ、うん。ひ、久しぶり」

口の中がねばつく。焦《あせ》って、ほとんど中身の残っていないグラスを手繰《たぐ》り寄せる。氷が解けて水になったドリンクを一口含んだ。ごくりと嚥下《えんか》する音がやけに大きく響く。心臓は先ほどから早鐘のように鳴っていて、一向に収まる気配がなかった。どうしてこんなに緊張しているのか自分でもよくわからない。

「隅っこにいなくても、もっと向こうでみんなと一緒に飲めばいいのに」

「……別に、俺はここでいい。ここの方が落ち着くから」

硬い声で返すと、一瞬押し黙った吉野がプッとおかしそうに吹き出した。

「相変わらずだな。中身も全然変わってねえし。そういや、お前よく一人で本を読んでたもんな。字がびっしりで眠くなりそうなヤツ」

馬鹿にしたようにそう言うと、彼は自分のグラスを持ってすっくと立ち上がった。ここにいても時間の無駄だと判断したのだろう。吉野こそ、こんな隅っこにいることを許されない人種だ。誰かが彼の名前を呼ぶのが聞こえる。男女問わず友人が多く、交友関係も幅広い。高校の頃から目立つ男だった。

記憶に残っている彼の黒髪は、今は茶色に染まっている。髪の長さも伸びて、整髪剤で立たせた恰好は何だか軽薄な印象すら受ける。

一方で、切れ長の涼しげな目元は当時のままだった。すっと通った鼻筋も、形のいい薄めの唇も、色気を添える右口端の小さなほくろも。基本的に女好きのする顔であることに変わりはない。高校の制服を脱いだ彼は少し大人びて見えて、周辺で馬鹿騒ぎをしている同世代の男たちと比べると外見の華やかさは群を抜いていた。どこにいても目立ち、いつの間にか輪の中心にいる。――今も昔も、圭一の苦手なタイプ。だが、その見た目に反して意外な一面を持っていることも、圭一はよく知っていた。

早く別の席へ移動すればいい。俯《うつむ》きながら心の中で願う。

頭上を覆っていた影がすっと消えた。どうやら、吉野が移動したようだ。空のグラスを睨《にら》みつけながら、内心ほっとする。ゆっくりと視線を上げた。

「つーかさ」

「！」

いきなり隣から声がした。

圭一はビクッと肩を撥《は》ね上げた。首を捻《ひね》ってぎょっとする。てっきりどこかに行ってしまったとばかり思っていた吉野が、なぜかテーブルを迂回《うかい》してそこに立っていた。

「何だよ。何でそんな驚いた顔してんだ？」

吉野が圭一を見下ろして呆《あき》れたように目を眇《すが》める。

「相変わらずデカイ目だな。その前髪伸ばしてるのって、わざと？　邪魔じゃね？　このクセ毛も変わらないな。相変わらずくねってる。前はもうちょっと短くなかったか？」

圭一のうねった猫毛を指にくるくると巻きつけて、吉野が笑った。高校の頃は校則に引っかかるとまずいので定期的に鋏《はさみ》を入れていたのだ。今はその必要がないのでもう随分《ずいぶん》とほったらかしだった。

「切ればいいのに。おい、もうちょっとそっちに詰めろよ。座れないだろ」

「――あ、ごめん」

咄嗟《とっさ》に謝って、圭一はわけもわからず腰をずらす。空いたスペースに吉野が図々しく座り込んだ。じろじろと無遠慮な視線を圭一に向けてくる。

「な、何?」

「いや、何かさ。お前がこういうサークルにいるのが意外だなと思って。高校の頃は完全にインドアだったじゃねえか。よく図書館にいたし。俺のことは無視して本ばっか読んでたくせに。大学デビューってヤツか。お前も、夏は海に行ったり冬はスノボしたりするわけ?」

「……するわけないだろ」

圭一は彼と目を合わせないようにして首を左右に振った。

「俺は正式なメンバーじゃないから。今日は先輩に誘われて来ただけだ。最初はゴハンに行くって話だったのに、何でかこんなところに連れてこられて、俺もどうしていいのかわからないし……」

ぼそぼそと答える。頬杖をついた彼が「ふうん、先輩ねえ」と呟く。

「先輩って、どの人?」

「……あっちのテーブルの青いTシャツの人」

「青? ああ、あれか。マッチョじゃん」

「……いい人だよ。俺みたいなのにも気にかけてくれるし。それより、吉野」

「あ?」

「向こうで女の子が呼んでる」

一番遠い場所で座卓を囲んでいる集団が、大声で吉野の名前を連呼していた。まだ春先だというのに、露出度の高い派手な恰好をした女子が立ち上がって手招きしている。

「こんなとこにいないで、早く行った方がいい」

これでいたたまれないほど気まずい空気から解放される。そう思うとホッとして、圭一は吉野を促した。

「吉野？　あの人、あんなに吉野のことを呼んでるじゃないか。早く行ってやれよ。お前みたいなヤツが俺と一緒にこんな隅っこにいたら、みんなにも変に思われ……ぅぐっ」

一瞬の隙をついて、吉野の手が圭一の喉元を掴んだのはその時だった。あまりに突然のことで、何が起きたのかわからなかった。思わず息を詰める。

頸動脈《けいどうみゃく》を軽く圧迫しながら、吉野が声を低めて嘲笑《あざわら》った。

「相変わらず細い首だな。あの頃から全然変わってない。このまま力を入れたら、今度こそポキッと折れちゃうかもな」

耳元で囁かれる。

「――――！」

ぎくりとした。彼の手の下で、怯えた喉仏が大きく上下するのが自分でもわかった。

言葉を失い固まってしまった圭一の様子に満足したのか、吉野がニヤリと唇を歪《ゆが》めた。

「また、後でな」

すっと喉元から手が離れて、ぽんと肩を叩かれる。身軽に腰を上げた彼は去っていき、まるで何事もなかったかのように集団に混ざって笑っていた。

茫然《ぼうぜん》と遠目に彼を眺めながら、圭一は軽い眩暈《めまい》を覚えた。

耳に返る自分の呼吸音が不自然なほど大きく響いて脳を揺さぶってくる。激しい動悸に思わず胸を押さえた。喉元にはまだ吉野の手の感触が残っていて、火傷を負ったかのようにそこだけがひりつくほどに熱い。まるであの時のようだ。高校の頃、吉野に首を絞められたあの時と同じ――肌がじりじりと指の形に焦《こ》げつくみたいに痺れて、熱い。

怖々と首筋を擦ると、周囲の音が消えて、記憶が一気に引き戻された。

高校時代の圭一は、地味で目立たない少年だった。

だが、決して孤立していたわけではない。いろいろな意味で目立たないように、あくまでも周囲から浮かない程度の交友関係を築いているつもりだった。

人付き合いは幼い頃から苦手だった。幼稚園児の時から外でみんなと遊ぶよりも教室で一人絵本を読んでいる方が楽しかったし、とにかく人の輪に入るのが苦痛だった。特に話すとも思いつかず、ただ黙ってじっとしていると、なぜここにいる必要があるのか疑問を感じた。しかしそんな協調性のない面を主張すれば、集団生活の中で暮らしにくくなることも、早いうちから気づいていた。

圭一は日常に波風が立つことを嫌い、こぢんまりと無難《ぶなん》に日々を過ごすことを好む。

集団の中の一人――漫画で言えばコマの空白を埋める名前のないモブキャラで、幸い、学校にはどのクラスにもそういうタイプの人間が数人はいるものだ。類は友を呼ぶとでもいうように、狭い箱の中に押し込まれていれば必然的に同じ匂いのする者同士が集まるような風潮は小学校の頃からすでにあった。圭一もそれを利用したのである。

そんな地味で目立たない圭一が、学年で最も派手で目立ちたがりの集団の一人と接触したのは、高校二年の秋だった。

ある日の放課後のことだ。

下校途中に忘れ物を思い出して、圭一は仕方なく引き返す羽目になった。宿題が出ているので、どうしてもそれが必要だったのだ。

上履きに履き替えて、校舎を歩く。

授業終了からたった数十分経っただけで、廊下に溢《あふ》れ返っていた生徒のほとんどが姿を消してしまっていた。ひとけのない廊下はがらんとしていて物悲しく、時に不気味に感じられる。日は落ち始め、西陽が斜めに差し込む。赤く伸ばした舌でリノリウムの床をまるっと飲み込まんとする様には、わけもわからず焦燥《しょうそう》を駆り立てられた。

靴底のゴムが床と擦れ合う。昼間は気にしないキュッキュッと耳障《みみざわ》りな音が響き渡る。足音に気を配りながら歩き、やがて教室の前まで辿り着く。

辺りはしんと静まり返っていた。物音一つ聞こえてこない。

スライド式の古びたドアは半分開いていた。体を横にして、すり抜けるように一歩中に踏み込む。——そこで、足を止めた。

誰もいないと思っていた教室に、人影を見つけたからだ。

窓際の後ろから二番目。前方のドア口からはちょうど死角に入るそこは、廊下から見ただけでは確認できない場所だった。圭一も入って初めて彼の存在に気が付いたのだ。

その男子生徒は一人だった。圭一に気づくことなく、椅子に座り、机に片頬をぺったりとくっつけるようにして突っ伏しながら窓の外を眺めている。

窓からはグラウンドが見えた。遠くに聞こえる威勢のいい掛け声はソフトボール部のものだろうか。あの位置からだとテニスコートもよく見える。

圭一はとろりと甘そうな杏色《あんずいろ》の夕陽が掛かった彼の頭頂部を眺めながら、しばしその場に立ち尽くす。

誰だろう？

クラスメイトだろうか。それとも別のクラスの男子？　あの席に座って何をしているのだろう。じっと窓の外を見たまま動かないのは、もしかしたら寝ているんじゃないだろうか。

厄介だなと思った。

座るのなら別の席にしてくれればいいのに——圭一は内心ため息をつく。迷惑そうに凝視してみる。さっさとこちらの視線に気づいてくれないだろうか。

だが、まったく気づく気配もない。

面倒だなと思いつつ、仕方がないので意識して足音を立ててみた。

それまで額縁に入った絵画の一部のように静止していた彼が、びくりと全身を震わせた。

「！」

ガタンと音を立てて、弾かれたように上半身を起こしたかと思うと、首を勢いよく捻って振り返る。

「——あ」

予想以上に大仰《おおぎょう》な動きだったので、圭一も面食らってしまう。

声を零したのは、どちらが先だっただろうか。

彼は茫然と圭一を見つめていた。そんなに驚かせるつもりはなかったが、こちらもさっさと用を済ませて帰りたい。一足先に我に返った圭一は、自分の席へ歩み寄った。

「な、何だよ！」

明らかに狼狽《ろうばい》した彼が圭一を睨みつけてきた。

圭一は記憶を手繰り寄せる。クラスメイトではない。だが、その顔には見覚えがある。

この教室によく出入りしている別クラスの同級生だ。確か、名前は吉野といっただろうか。

良くも悪くも学年でも一際目立つ派手な集団の一人で、圭一のクラスの連中とよくつるんでいる。我が物顔で教室に入ってくる彼を何度か見かけたことがあった。

圭一は吉野をじっと見やって意外に思う。この手のタイプは常に集団で動くものだと思っていた。いつも誰かしらと一緒にいるイメージが強い。群れから離れて一人で教室に居残るタイプではなさそうなのに――そんなふうに考えていると、吉野が「おい！」と凄んだ声で言った。

「誰だ、お前？　何だよ、何ジロジロ見てんだよ」

椅子を蹴飛ばすようにして立ち上がり、目を吊り上げて睨まれる。

不穏な空気を察して、圭一は慌てて言った。

「――あ、いや、そこ……俺の席、だから……」

吉野が一瞬押し黙った。不可解そうに眉根を寄せる。慌てて自分が座っていた席を見下ろし、忙しげに瞬いた。

「は？　え、だってここに座ってるのって女子だっただろ」

困惑したように訊《き》かれて、ああそうかと圭一は理解した。彼は知らないのだ。

「今日、席替えがあったんだ。それでそこは俺の席になって――」

確かここに座っていた彼女は、廊下側の席の番号クジを持っていた。特別親しくはなかったけれど、誰にでも分け隔てなく声をかける気さくな子で、席を移動する際に少しだけ話した記憶がある。

圭一は首をめぐらせて、指差した。一番遠い列の前から三番目。

「雑賀《さいか》さんの席はあそこに変わった」

親切心のつもりだった。彼がここを彼女の席だと勘違いをして座っているのならば、正しい場所を教えてあげた方がいいと思ったのだ。

「ここは今は俺の席だから」

「――おいッ！」

だが次の瞬間、リトマス試験紙のように顔を真っ赤に染め上げた吉野は、物凄い剣幕で圭一に詰め寄ってきた。

机をなぎ倒す勢いであっという間に目の前までやって来ると、いきなり圭一の胸倉を掴み上げる。驚いて固まってしまった圭一に、彼は真っ赤な顔を近づけて言った。

「今見たことは絶対に誰にも言うなよ」

「……え？」

「ここで俺と会ったことは忘れろ。いいか、わかったな！」

一見細身だが、圭一と比べると彼の方が身長も筋力も上回る。喧嘩《けんか》とは縁のない人生を送ってきた圭一が、胸倉を掴まれてがくがくと力任せに揺さぶられたのは、この時が初めてだった。とにかく首が絞まって苦しくて、何が何だかよくわからずに必死に頷《うなず》いた。

それを見て気が済んだのだろう。吉野は突き放すようにして圭一から手を離した。

「余計なことを喋《しゃべ》ったら許さないからな」

最後にもう一度念を押し、彼は圭一の肩を押し退けて教室を出て行った。

「……ケホッ、ケホッ」

何だったのだろうか――圭一は咳き込んで、机の中から数学のノートを無事に回収する。

帰り道、宿題の設問を解いているつもりが、いつの間にか思考が勝手に引き摺られた。今日初めて言葉を交わした同級生の熟《う》れたリンゴのような赤面を思い出す。

忘れろと言われると、かえって忘れられなくなるのが人情というものだ。

夜、ベッドに入ってからもしばらく吉野のことを考えて、そしてある結論に達した。

吉野はおそらく、雑賀に好意を持っているのだ。

それに気づいてしまったことをきっかけに、圭一は吉野に興味を持つようになった。

もちろん、例の一件は口外していない。噂話を言いふらす趣味はなかったし、口止めされなくても最初から誰にも話すつもりはなかった。

吉野が雑賀をどう想っているのかは興味がなかった。興味を引かれたのは吉野自身だ。

圭一が校内で見かける吉野は、いつも似たようなタイプの連中とつるんでいて、女子とも仲がよく、自分とは正反対の人間だった。

軽そうで騒がしくて浮ついていて、流行に飛びついてはしゃぐイマドキの男子高校生。

だがそのイメージとは裏腹に、意外なほど純情な一面を持ち合わせているところが、何だか妙に気になった。

誰もいない放課後の教室に忍び込み、想いを寄せる相手の席に座って、こっそりと幸せを噛み締める——。

もしかしたら、いつも一緒にいる友人たちでもそんな彼の一面を誰も知らないのではないか。あの瞬間、偶然居合わせた圭一だけが、彼の秘密を覗《のぞ》き見てしまったのではないか。

恋愛というものにおよそ興味のない圭一には、吉野をそうさせた行動理念に共感できるものはなかったが、彼が垣間見《かいまみ》せた二面性には柄《がら》にもなく高揚《こうよう》してしまったのだった。

吉野は今まで通り、圭一と擦れ違っても声をかけてくることは一切なかった。目すら合わせてもらえない。圭一も彼との約束を守って、何もなかった体《てい》で過ごした。

その代わり、視界に彼が入った時に限って遠目にこっそりと観察し続けた。

吉野と再び話せたのは、それから半年が経った頃のことだった。


高校三年生になったが、クラスメイトに吉野の顔はなかった。

少しだけ圭一はがっかりした。更に、この新しいクラスには彼と仲のいい友人がいなかったのか、吉野を見かける機会は極端に減った。雑賀ともクラスが違うので、わざわざ圭一のいる教室を訪れる必要がなくなったのだろう。

観察対象を見失ってしまい、何だか急につまらなくなる。

その日も何事もなく淡々と一日が終わり、図書館に寄ってから帰ろうと思っていたところだった。

階段を下りる途中、ふと踊り場の窓から何の気なしに外を見下ろした時だ。

ちょうど真下の植え込みのところに、隠れるようにして人影が二つ見えた。

圭一は思わず立ち止まる。

吉野だった。

そして、もう一人の方を確認して圭一はなぜかぶるりと身震いをした。吉野と向かい合って立っている女子——雑賀だ。

気づくと圭一は階段を駆け下りていた。

渡り廊下から上履きのまま外に出る。普段からひとけのない場所だから、誰とも擦れ違うことはなかった。現場に近付くにつれて心臓が高鳴る。

吉野が雑賀を呼び出したのだと思った。

まるで自分のことのようにドキドキしている。とうとう彼は決心したのだ。

圭一が吉野を見かけると、彼はたまにぼんやりと遠くを見つめていることがある。そういう時は決まって、視線の先に彼女の姿があった。

あれから半年経った今でも、彼の気持ちは少しも変わってはいないのだ。

それが圭一には不思議で、そんな彼を眺めているとなぜか無性にじれったくなることがあった。健気《けなげ》な彼の姿を見つけると、いつまでも彼女を見ているだけでいいのかと、身勝手な苛立《いらだ》ちを感じてしまう。初恋すら経験したことがない自分がどうこう言えるような立場ではなかったが、この半年の間、ずっと陰ながら彼を見守ってきたのだ。

それが今、何かしらの決着がつこうとしている。

息を切らしながら、圭一は慎重に彼らがいるはずの場所へ近付いた。

傍《そば》の大木に身を隠し、呼吸を押し殺してそっと覗き見る。

しかし、すでに雑賀の姿はそこになく、吉野が一人で立ち尽くしているだけだった。

あれから、どうなったのだろうか？　圭一が目を離した僅《わず》かな時間に、彼らに何が起こったのだろう。吉野は雑賀とどんな話をしたんだ？　彼女はもう帰ってしまったのか？

その時、じっと俯いていた吉野が頭を上げた。

木の陰から様子を窺《うかが》っていた圭一はぎょっとする。

吉野は泣いていた。

どうしたのだろう——圭一は彼の濡れた目元を食い入るように見つめたまま、途方に暮れた。見てはいけないものを見てしまった気がして、踵《きびす》を返そうと思うのに足が言うことをきかない。

ふいに足元で木の枝が折れる音がした。

微かな音だったが、静まり返った空気の中、乾いたそれは思った以上に響いた。

ハッと吉野がこちらを見る。

がさついた幹に手をつき動けずにいた圭一は、まともに彼と目が合った。

吉野が一瞬虚《きょ》を衝《つ》かれたみたいに目を瞠った。そして次の瞬間、世界で一番嫌いなものを見るような目つきで圭一を睨みつける。

「……またお前かよ」

低い声で吐き捨てるように言った。

だが彼のそんな態度に、なぜか圭一は軽い興奮を覚えていた。普段は徹底的に無視される吉野の視界に自分が入れて、ことのほか嬉しかったのかもしれない。

この半年間、ずっと彼を追い続けてきたから、それが少しだけ報われた気がしたのだ。

チッと、聞こえよがしの舌打ちで現実に引き戻された。

鬱陶《うっとう》しそうな顔をした吉野がこちらに向かって歩いて来た。動悸が激しくなる。

「あ、あの……」

しかし、彼は圭一をまるで空気のように無視して素通りしてしまう。

「あっ」

圭一は慌てた。急いで制服のポケットに手を滑らせる。

「吉野、これ」

振り向き様、ハンカチを差し出した。

吉野の目元は乱暴に拭ったせいで涙の跡が横に伸びていた。切れ長の目尻にはまだ水滴が溜まっている。

思わずというふうに立ち止まった吉野が怪訝そうに圭一を見てきた。

「涙がきちんと拭けてないようだから使ってくれ。心配しなくても、ハンカチはちゃんと洗ってあるか……ら……ぅぐっ」

突然、物凄い力で胸倉を掴まれた。びっくりして彼を見上げた圭一は、そのまま押しやられて硬い大木に背中を叩きつけられる。

「——お前、ふざけてんのか？　何笑ってんだよ！」

何が起こったのかわからず、圭一は茫然となった。ぎこちなく首を傾げる。

その仕草が益々彼の癇《かん》に障ったらしい。苛立った吉野は圭一の手からハンカチを引っ手繰ると、対角線上の端と端を握り締め、いきなり圭一の首に巻きつけてきた。

交差した両端をぐっと引っ張られて、首が絞まる。

「……っ、な、何……っ」

「そんなに俺がフラれたのが面白かったか？　なあ？」

ふいに首の圧迫が弱まった。ホッとしたのも束の間、今度は直に手で絞め上げられる。吉野の親指が的確に頸動脈を捉えて、息苦しさに眩暈がした。

「こんなもん出してきて、どれだけ俺のことをバカにすれば気が済むんだよ」

一方的に怒鳴りつけられて、圭一は酸素が回らない脳で必死に考える。そしてようやく、ハンカチを渡そうとしたのがまずかったのだと理解した。親切心のつもりが、彼にはそうと取ってもらえなかったらしい。

「……バ、バカになんか、してな……そ、そんなつもりは……なかったんだ……怒らせたのなら、謝る。ごめん」

「――ホント、ムカツクヤローだな」

更にぐっと圧がかかり、本気で呼吸が止まりそうになる。だが、すぐに楽になった。首から吉野の手が引いていくのがわかった。

ひゅっと空気を貪り、狭まった気管に一気に酸素が流れ込む。圭一は激しく咳き込んで前屈みになる。そこをまた無理やり胸倉を掴まれ、木に押しつけられた。

「なあ？　好きなヤツにフラれて泣いてちゃおかしいかよ」

「？」

「お前さ、人を好きになったことないだろ。だからそんなふうに澄まして人をバカにしたような態度が取れるんだよ。普通あそこで笑うか？　感情の回路が麻痺してんじゃねえの？」

蔑《さげす》むような言葉をぶつけられても、戸惑う圭一は何も言い返せなかった。

吉野はやはり雑賀に振られたのだ。だが、泣いている彼を見て少なからず衝撃は受けたものの、面白いなどとは決して思わなかった。おかしいとも思わない。馬鹿にしてもいない。それは否定できる。しかし、最後の言葉はどう対処していいのかわからなかった。

黙り込んでしまった圭一を、吉野が軽蔑した眼差《まなざ》しで見下ろしてくる。

「お前、やっぱりどっかおかしいよ」

感情を剥《む》き出しにして怒鳴り散らしていたそれまでとは違い、どこか諦めたような、呆れたような口調だった。

「——！」

圭一は反射的に肩をびくりと大きく揺らした。

『あの子、どこかおかしいんじゃないかしら』

母の声が脳裏に蘇《よみがえ》る。

『何を見ても何をさせても、他の子と反応が違うんですって。みんなと一緒にはしゃぐこともしないし怒ることもないし、いつも集団から離れて一人でいるっていうのよ。あの子、友

達がいないの。先生に何を考えているのかわからないって言われたわ。私だってわからないわよ。あの子、何を訊いてもまともに答えてくれないし。うるさそうに私のこと見るし』

リビングの椅子に座った母が頭を抱えていた。向かい側には難しい顔をした父が座っていて、泣き出す母を宥《なだ》めていた。小学校の低学年の頃の記憶だ。夜中に起き出してトイレに行こうとした圭一は、偶然両親の会話を立ち聞きしてしまったのだった。二者面談が行われた日の夜の出来事だ。どうりで学校から帰宅した母の様子がどことなくおかしかったのだと、子ども心ながらに納得した。当時の、小さくてあたたかな心臓を冷たい氷の手でぎゅっと握り潰されたような衝撃を、十八歳になった圭一は久しぶりに思い出していた。

――お前、やっぱりどっかおかしいよ。

吉野の言葉が胸に刺さって、急に不安が込み上げてきた。

あれ以来、両親を心配させないよう、教師の目に留まらないよう、周囲から浮かないためにはどうしたらいいのかを常に考えて、自分なりに上手くやってきたつもりだった。

だが、吉野は圭一のことをおかしいと言う。

ふいに、彼から落胆のため息が聞こえた。右の口端の下にある小さなほくろが、まるで圭一を突き放すかのように皮肉げに上下する。

胸倉を掴んでいた手がゆっくりと引いていく。制服を離すのと同時にハンカチを返されたが受け取り損ねた。

地味な色合いのハンカチが地面に落ちる。――彼が行ってしまう。踵を返そうとした吉野を、圭一は咄嗟に引き止めていた。

「ま、待って。違うんだ」

吉野が立ち止まり、鬱陶しそうに振り返った。

「あ？」

「あの、だからその、俺――お、俺も、失恋したばかりなんだ」

「……は？」

一瞬、吉野がぽかんとした。圭一もどうしてそんな嘘をついたのか自分でもわからない。ただ必死に頭と口を動かして、どうにか吉野の誤解を解きたいと思ったのだ。

「だから……その、吉野の気持ちはよくわかる。ハンカチを渡したのが気に障ったのなら悪かった。謝るよ。でもバカにしたわけじゃない。えっと、その、泣いてる吉野が、失恋した時の自分の姿と重なって」

圭一はいつになく心臓を昂《たかぶ》らせながら、おずおずと吉野を見やった。

黙って圭一の話を聞いていた彼の顔から怒りは消えていた。代わりに何とも言えない複雑そうな表情を浮かべている。

「――ふうん、あっそ」

吉野はどこかバツが悪そうにそう言うと、おもむろにその場にしゃがんだ。風で飛ばされそうになったハンカチを拾い上げる。無言でそれを渡された。

「ありがとう」

今度はしっかり両手で受け取って礼を言う。

「……バカじゃねえの。お前、そのハンカチでついさっきまで俺に首絞められてたくせに」

吉野が気の抜けたように笑った。


次に吉野と話したのは、その翌日の放課後だった。

どうしても気になっていることがあり、彼がたまたま一人で職員室に入っていく姿を目撃して、待ち伏せたのだ。

「お前、廊下で待っていた圭一を見て、吉野はぎょっとしたようだった。

「お前、本当に何なんだよ。俺のストーカーか？」

あからさまにうんざりとされたが、その反応は想定内だったので何とも思わなかった。

「俺は吉野の名前を知ってるけど、そっちは知らないと思うから。俺、五組の青柳っていうんだ」

「は？　訊いてねえよ」

吉野がさっさと歩き出す。圭一もめげずに後を追いかける。階段が見えてきたところで苛立ちが限界に達した吉野が振り返った。

「お前、いい加減にしろよ！」

しかし、圭一もここぞとばかりに話しかける。

「吉野に訊きたいことがあるんだ」

「ああ?」と、彼がガラ悪く睨みつけてきた。

凄まれても不思議と怖いとは思わなかった。真っ向から見つめ返して、圭一は訊《たず》ねる。

「吉野から見て、俺のどのへんがおかしいと思うのか教えてほしい」

一瞬、吉野が押し黙った。怪訝そうに眉根を寄せて、数度瞬いてみせる。

「……は?」

「昨日、吉野は俺のことをどこかおかしいって言っただろ?」

「…………」

「ゆうべはそれを思い出してなかなか眠れなかった。今日もずっと考えていたんだけど、いまいちピンとこないんだ。だから、本人から直接詳しい話を聞きたくて」

険しい顔をしていた吉野が、ようやく意味を理解したのか「ああ」と面倒臭そうに言った。呆れたようにため息をつく。

「お前、ホントに暗いヤツだな。あんなの適当に受け流せよ」

「それができないから訊いているんだ。俺にとってはすごく大事なことだから」

吉野には大したことなくても、圭一にとってその言葉は過去を思い出す引き金だった。

特に問題も起こさず無難な高校生活を送ってきたつもりだったが、実は圭一がそう思い込んでいるだけかもしれない。自分が気づいていないだけで、傍《はた》から見れば、周囲と比べて決定的な何かが欠落している人間だと思われているのではないか。

昨夜はようやくうとうとし始めると、久々に小学校の頃の夢を見た。目が覚めるとすぐにわけのわからない不安が押し寄せてきた。幼い頃に盗み見た母親の涙が脳裏をちらつき、今日一日はそのことばかりを気にして過ごしたのだ。

「吉野、教えてくれ」

真剣な圭一を、吉野も邪険にはできなかったのだろう。

「――あぁあっ、もう！　俺が悪かったよ！　あんな言葉で、お前が眠れなくなるまで悩むなんて考えてもみなかったし」

頭をぐしゃぐしゃと掻き毟《むし》りながら、記憶を手繰り寄せるようにして言った。

「こっちもイライラしてたんだって。だからあれはさ、言葉のアヤっていうか――……そもそもお前の態度がおかしかったんじゃねえか。あのタイミングで薄ら笑いを浮かべながらハンカチを渡されたら、馬鹿にされてるとしか思えないだろ」

「俺は、そんなつもりはなかった。笑ったつもりもなくて」

「わかってるよ。俺も思い込みでいろいろと言いすぎた。ほら、その――お前も失恋したんだろ？　こっちこそお前は人を好きになったことがないだろうとか、勝手に決めつけて悪かったな。俺の言葉は単なる八つ当たりだから気にするな。お前はどこもおかしくなんてないよ」

「そうなのか？　本当に？」

「ああ。ちょっ、近っ、お前寄りすぎだ、一歩下がれ！　大体、そんなことでいちいち悩むなよ。お前、ホント面倒臭いヤツだな」

吉野の説明を聞いて、圭一はホッとした。胸のつかえが無くなってすっきりする。

「何だ、そうか。だったらいいんだ。ごめん、呼び止めて。それじゃ」

歩いてきた廊下を引き返そうと踵を返した。

「は？　え？　あ、おいっ、ちょっと待てよ」

なぜか吉野に腕を掴まれて引き止められる。

「……何？」

「何ってお前、自分からしつこく俺にくっついてきておいて……」

振り返ると、吉野が苦虫を噛み潰したような顔をしてみせた。

「？　吉野？」

「あー、うるせえよ。もういいからさっさと行け——……ああっ、やっぱりちょっと待て」

行けと言ったり待てと言ったり、一体どちらなのだ。圭一は不審に思いつつ首を捻る。

次の瞬間、なぜか吉野がいきなり圭一の肩に腕を回してきた。

「！」

ぎょっとする。何の前置きもなく肩を組まれて、圭一は驚きを隠せない。吉野の端整な顔がすぐ傍にあるのだ。いくら男同士とはいえ、普段からほとんど他人とのスキンシップを取らない圭一にとって、この近すぎる距離感はもはや恐怖だった。

完全に引いてしまった圭一とは反対に、社交的な吉野にはこんなことは日常茶飯事なのだろう。硬直した圭一の肩を楽しげに引き寄せて、訊いてきた。

「なあ、お前が好きだった女子ってどんなヤツ？　ここの三年？　それとも他校かよ」

吉野が何を言っているのか本気でわからなかった。

「……え？　な、何の話？」

「とぼけるなよ。お前が失恋した相手に決まってんだろ。ほら、さっさと吐け」

パシッと肩を叩かれて、圭一は焦った。必死に思考をめぐらせて、ようやくそれが何についての話かを理解する。昨日の険悪な雰囲気を乗り切るために、圭一が咄嗟についた嘘。我ながら上手く切り抜けたと思ったが、どうやら裏目に出てしまったらしい。

あんなのはその場しのぎのデタラメだ。具体的な相手など存在するはずもない。まさか吉野がそこまで突っ込んで訊いてくるとは思ってもみなかったのだ。

「えっと、それは……」

ちょうどその時、職員室から女子生徒が一人出てきた。追い詰められて、思わず視線が縋《すが》るように彼女を追いかけてしまう。

それをどう勘違いしたのか、吉野が予想外のことを口にした。

「高瀬《たかせ》？　ああ、アイツかあ。そういえば最近、男ができたってノロケてたもんなあ」

その言葉に圭一はぽかんとなる。あの女子が高瀬という名前で、しかも同級生だとその時初めて知ったのだ。

「おい、元気出せよ」

ぐっと肩に体重がかかって、気を抜いていた圭一は思わず前のめりになった。

「そうだ、今度誰か紹介してやるよ。見た目はあんな感じの子がいいのかよ。お前、案外メンクイだよな。他校の方がいい？　確か、この前知り合った子たちの中に黒髪ロングのお嬢様系がいたはず……」

「いや、いいよ。そういうのは」

「遠慮するなって」

「いや、遠慮じゃなくて本当にいいんだ。興味ないから」

きっぱりと断ると、吉野が面食らったような顔をして押し黙った。

「そっか？　んじゃ、ジュース奢《おご》ってやる。よし、自販機行くぞ」

「え？　ちょ、ちょっと吉野……っ」

どうしてそういう話になるのか、吉野という男の思考回路がさっぱりわからなかった。

半ば強引に購買へ連れていかれて、缶ジュースを奢ってもらう。

外のベンチに並んで座り、炭酸飲料を飲んだ。吉野は甘ったるいフルーツ牛乳を美味そうに飲んでいて、そういうところも圭一が思っていた彼のイメージとは異なる。

正門と校舎を結ぶ緩やかな坂の上からは第一グラウンドが見える。その先のテニスコートまでが見渡せた。圭一の視力だと、何となく人物が判別できる距離だ。三面あるテニスコートの一番手前では女子部員が練習していた。その中に、雑賀らしい人物もいる。

「俺はさ、世の中の両想いになったヤツらを心の底から尊敬しているんだ」

フルーツ牛乳を片手に、唐突に吉野がそんなことを言い出した。

切なそうに遠くを見つめるその横顔が、圭一の網膜にじりじりと焼きつく。

その日を境に、吉野はたびたび圭一に声をかけてくるようになった。


「俺はまだ諦めてない」

吉野がよく口にする言葉だ。

屋上で一緒に昼食をとっている最中に最もよく耳にした。

吉野が雑賀と初めて接点を持ったのは、一年の体育の授業の後だった。

当時、授業中に膝を擦り剥いた吉野は、教室に戻る前に保健室に寄ったという。そこで偶然同じように絆創膏《ばんそうこう》をもらいに来ていた雑賀と出会ったのだ。

雑賀の優しさ、かわいらしさ、少しおっちょこちょいなところ云々。吉野は圭一相手に延々と熱く語って聞かせた。三年になりクラスが離れた今になって、圭一は彼女のことをいろいろと知る羽目になった。去年は時々挨拶《あいさつ》を交わす程度のクラスメイトとしか認識していなかったのに、何だか圭一までが雑賀を校内で見かけるとわけもわからずそわそわしてしまう。そして必ずその周辺を見回すのがクセになっていた。近くに吉野が潜んでいるのではないかと考えてしまうのだ。どこかから彼女に熱視線を送っているはずの吉野。十回に一回くらいは吉野を発見して、目が合うと、彼は物凄くバツの悪い顔をしてみせるのだった。それが圭一の密かな楽しみでもあった。

吉野は感受性が豊かで自分に正直だ。他人にさほど興味がなく、クラスメイトですら顔と名前を一致させるのに手間取った圭一とは正反対の性格。社交的で明るい彼とは恋をしているという点でも、自分とまったく価値観が異なっていた。

普段ならこういうタイプの人間は自分とは相容《あいい》れないので、できるだけ避けることにしている。しかし、どういうわけか吉野だけは別だった。物珍しかったのかもしれない。その軟《なん》派《ぱ》な容姿とは裏腹に、一途《いちず》で諦めの悪いところが酷くアンバランスに感じられて、かえって魅力的に映ったのだ。雑賀の話をしている時の彼はとても嬉しそうで、恋をしたことのない圭一は、そういう純情さが少し羨《うらや》ましくも思えた。良くも悪くも、他人に対してそこまで興味を持ったのは吉野が初めてだった。

吉野は時々、圭一に恋愛相談まで持ちかけてくる。

「おい、圭一。本ばっか読んで、俺の話をちゃんと聞いてるのかよ」

「……聞いてるけど。そんなことを俺に訊かれても、よくわからないし……」

吉野の片想いを、本人以外で知っているのは圭一だけのようだった。噂も聞かないので、告白された雑賀も他言していないらしい。だから相談相手はもっぱら圭一になるのだが、そこは吉野の完全な人選ミスだ。案の定、圭一は一度として役に立ったことはない。

「真面目に聞けよ！　もういい」と、いつも最後は吉野に怒鳴られて終わるのだが、それでも彼はまた翌日も圭一を誘いにやってくる。最初はその異色な組み合わせにざわざわしていた周囲も、次第に慣れてしまうくらいには何かと二人でつるんでいた。

彼が教室に顔を出すのを楽しみに待っている自分に気づいたのは、ひとつきが経った頃だろうか。

少々喧嘩っ早いが喜怒哀楽がはっきりしていて、情に厚い彼と過ごす時間は思った以上に心地よかった。

これまでもその時々の気の合いそうなクラスメイトたちと、適度にコミュニケーションを取ってきたつもりだった。だがそれはどこか義務めいた気持ちでそうしていたに過ぎないのではないかと、今になって疑問が湧く。心から素直に楽しんで、この相手と一緒に過ごしたいと思ったことはなかったんじゃないか——高校三年にもなってようやくそんなことに気がついた。

昔から何事にも興味が薄く、自分に無頓着だという自覚はあった。

その性格を真正面からはっきりと指摘してくれたのは、吉野が初めてかもしれない。

口が悪い吉野は、時々こちらの痛いところを容赦なくバッサリと斬ってくる。そのせいで圭一はしばしば考え込んでしまうこともあった。そういう時はさすがの吉野も言いすぎたと思うのか、最後に必ずこう言って締め括《くく》る。——言っとくけど、友達だからあえてきつく言ってんだからな。いちいち悩んで不眠症になるなよ。

その一言で、圭一は体のいたるところがむず痒くなり、何を悩んでいたのか忘れてしまうのだった。

吉野は感情の起伏が激しいことを自覚していて、場合によっては冷静沈着な圭一を褒めることもある。それまで短所だと思い込んでいた自分の性格を純粋に感心されるのは、思った以上に面映《おもは》ゆい。あまり人に褒められた経験がないので恥ずかしいが、とても嬉しかった。

相手に対して素直に感情を曝《さら》け出すことは、圭一にとって非常に難易度の高い技だ。それを簡単にやってのけてしまう吉野は、付き合えば付き合うほど面白い男で、興味が尽きなかった。

「お前は何ていうか、危なっかしいよな。ちょっと目を離すとその辺の物を引っくり返したり、転んだりしてそうで、何するかわかんないところがある。あれだよ、生まれたばっかりの何にも知らない赤ちゃんみたい」

心外だった。だが吉野に悪気がないのはわかっていたので黙って聞いておく。

「けどまあ、そういうところが面白いからこっちとしても放っておけないんだけど」

そんな調子で、卒業までの約一年間、圭一と吉野の奇妙な友人関係は続いた。

その間に、吉野は再度雑賀に告白をして、見事玉砕《ぎょくさい》している。

雑賀に二度告白して二度とも振られたその夜、吉野から携帯電話にメールが届いた。圭一は初めて真夜中に家をこっそりと抜け出し、呼び出された公園で彼の話を聞いた。圭一は聞くだけしかできなかったけれど、吉野は溜めていたものをすべて吐き出し、嗚咽《おえつ》を漏らして泣いて少しは落ち着いたようだった。その後はコンビニに寄って温かい肉まんとお茶を買って一緒に食べた。卒業が間近に迫った、二月のある寒い夜の思い出だ。

お互い無事に進学先も決まって、あっという間に卒業式がやってきた。

最後に言葉を交わしたのは式典が終わり、ホームルームも終えて、卒業証書を手に三年間学んだ校舎を後にした時だった。

「圭一！」

あちこちで盛り上がっている人の波を掻き分けて、一際大きな集団から吉野が抜け出してくるのが見えた。いつもの屈託のない笑顔を浮かべて駆け寄ってくる彼の制服は、袖も含めてボタンがすべて無くなっていた。

「もう帰るのかよ。クラスで打ち上げとかないのか？」

「あるみたいだけど、俺は別にいてもいなくてもあんまり関係ないし……」

「つまんないこと考えてないで、最後ぐらいはしゃいでこいよ。お前さ、結構喋れるんだから。俺にはズケズケ言うようになったじゃん。いろいろあったけどさ、俺はお前がいてくれてよかったよ。今となっては二度の失恋もいい思い出だ——って、強がりじゃなくて本当にそう思ってるし。お前のおかげ。ありがとうな。じゃあな、元気で。また会おうぜ」

ポンと親しげに肩を叩かれた瞬間、心臓が罪悪感に竦《すく》み上がったのを覚えている。

吉野の二度目の失恋は、少なからず圭一にも責任があった。そのことを、彼は知らない。

進学先は違ったが、お互いの大学は距離的にもそれほど離れているわけではなかった。それぞれ実家を出て、ひとり暮らしをすることも決まっている。

また会おうぜ——吉野の言葉が蘇り、圭一はいてもたってもいられなくて、卒業式の翌日に携帯電話を買い換えた。

これで吉野から連絡がくることはない。

ホッとするのと同時に、心の中でパタンと扉を閉ざす音がした。

目の前の景色が急に色褪《いろあ》せていくような気がして、吉野と知り合う前の自分を思い出す。

もう、彼と会うこともないだろう。

会ってはいけないと思う。吉野と一緒にいると、自分が自分ではないような理解不能な感情が生まれてどうしていいのかよくわからなくなる。

吉野とはもう会わない。

新たな環境で大学生活をスタートさせ一年が過ぎ、そろそろ彼のことも忘れかけていたその矢先の再会だった。


吉野のせいで完全に帰るタイミングを逃してしまった。

どうにかしてこの宴会場から抜け出そうと何度か腰を上げかけたが、その度に嫌がらせのように隣が盛り上がりを見せるのだ。狭い通路を塞がれて、渋々諦める。最悪なことにテンションの上がったどこの誰だか知らない男に絡まれるし、挙げ句の果てには圭一のクセ毛を指差され、「くるくる」と変なあだなまで付けられた。途中から再び吉野がやってきた。今度は女の子たちも一緒に引き連れてくるから、囲まれた圭一は屍《しかばね》のように虚《うつ》ろな目をして固まるしかなかったのだ。

結局、飲み放題の二時間プランが終了するまで圭一は店から出ることができなかった。

このまま二次会で別の居酒屋に移動すると言われて、圭一は冗談じゃないと早々に集団から離れた。

賑《にぎ》やかな大学生の塊《かたまり》に背を向けて、駅を目指し一人さっさと歩き出す。

「へえ、お前の自宅ってこっちなんだ？」

いきなり隣から声が聞こえてきて、圭一はビクッと文字通り飛び上がった。

ぎょっとする。いつからそこにいたのか、知らない間に吉野が自分と肩を並べて歩いていたからだ。

「——え？　え？　な、ななな何で……っ」

慌てて振り返るが、もうここは先ほどの居酒屋があった場所とは別の通りだ。当然、彼らの姿はなく、吉野だけがそこにいる。

彼は呆れたように言った。

「何でそんな驚いた顔してんだよ」

「だ、だって、吉野は二次会に行ったはずじゃ……」

「ああ、あれね。やめた」

吉野があっさりと答えた。

「お前が一人でこそこそと逃げ出すのが見えたから、こっちを追いかけてきた」

「え？」圭一は混乱する。

「な、何で？」

「さあ？　何となく。俺もこっちの駅なんだよ」

「……あ、駅」

圭一はようやく納得がいった。要するに、たまたま帰り道が一緒になっただけのことだ。

その時、吉野のスマートフォンに電話がかかってきた。

「またかよ」と、うんざりした顔をする。

「ちょっと悪い。——もしもし？　ああ、いや、俺はちょっと……」

吉野が背中を向けて話し出したので、圭一も背中を向けて歩き出した。

おかしな動悸がする。ようやく一人になれたのに、まさか吉野が追いかけてくるとは思わなかった。再会しただけでも戸惑っているのに、これ以上一緒にいてはどうしていいのかわからない。なぜたまたま連れていかれただけのサークルの飲み会で、よりによって彼と鉢合わせなくてはいけないのか。胃がキリキリする。

駅が見えてくる。足を速めた。その時、「おい」と背後から肩を掴んで引き止められた。

「何で一人で先に行くんだよ。振り返ったらいないから、びっくりするだろ」

吉野が立っていた。走ってきたのか息を弾ませて、軽く睨みつけてくる。

圭一は顔を引き攣らせた。

「……電話、してたから。二次会に、戻るんじゃないのか？」

「戻らないよ。もう帰るって決めたし」

肩を並べて歩き出す。息が詰まりそうだ。圭一は今すぐにも走って逃げ出したかったが、駅がもう目の前なので我慢した。

ＩＣカードで改札を抜けると、後ろから吉野もついてきた。

「それじゃ。俺、こっちだから」

「おう、わかった」

ようやくここでお別れだ。ホッとして圭一はホームへ向かう階段を上る。しかし、なぜか吉野までくっついてきた。

「……何で、吉野までこっちに来るんだ」

「ん？　俺もこっちだから」

彼がしれっと答える。

同じ路線なのだろうか。だが、彼の通う大学は別の沿線上のはずだ。でも自宅が大学周辺とは限らないし――圭一は内心で疑いつつ、ホームに上がる。吉野もすぐ後ろからついてくる。

間もなくしてホームに滑り込んできた電車に乗り込んだ。もちろん吉野も一緒だ。

車内はそれなりに混んでいた。サラリーマンやＯＬ、学生に囲まれて、黙って電車に揺られる。吉野も特に話しかけてくることはなく、圭一は少しホッとしながらぼんやりと車内の様子を反射する窓ガラスを見つめていた。

数駅走って、電車が目的の駅に到着する。

「それじゃ。俺、ここだから」

「おう、わかった」

圭一は人の流れにのって電車を降りる。吉野はどこまで行くのだろうか。ホームを歩き出そうとして、隣にすっと影が並んだのがわかった。何気なく見上げて呆気に取られた。

「……何で、吉野までここで降りるんだ」

横に立っていた吉野が冗談めかすように肩を竦めてみせる。

「まあ、細かいことは気にするなよ。ほら、さっさと行こうぜ」

促されて、圭一は動揺を引き摺りながら改札を抜けた。案の定、吉野もついてくる。駅を出た後も一向に離れる気配が見えない。このままだとアパートまで吉野を連れて帰ってしまう。

圭一は焦った。この先どうすればいいのだろうか。吉野が何を考えているのかさっぱりわからない。

「おっ、コンビニだ。ちょっと寄っていこうぜ」

「え？　あ、ちょっと待っ……」

いきなり手を掴まれて、強引に進行方向を変えられてしまった。店に入ると吉野はカゴを持ち、適当に商品を入れ始める。圭一は仕方なく後をついて回るしかない。

店を出ると、吉野が買ったばかりの肉まんを圭一にも渡してきた。

「やっぱ、まだ夜は冷えるな。あー、あったかい。食いながら歩こうぜ。お前、居酒屋で全然メシを食ってなかっただろ。かといって飲んでるわけでもないし。退屈そうだったよな」

「…………」

押しつけられた肉まんはほかほかと湯気がのぼり、冷たい手のひらは一気に血が通ったように温かくなった。

「肉まんっていうと、高校の頃を思い出すな。真夜中の公園で一緒に食ったよな」

「――!」

危うく手の中のそれを落としそうになった。

「懐かしいな。そういえば俺、お前の前で泣いたわ。うわっ、思い出すとすげェ恥ずかしい」

圭一の動揺をよそに、吉野が肉まんにかぶりつきながら続ける。

「あの時のお前さ、俺の急な呼び出しにも自転車を漕《こ》いで駆けつけてくれただろ？　真面目なお前が真夜中に家を抜け出して、息を切らしながらブランコの前まで走ってきて、『吉野、大丈夫か？』って……あれ、本当に嬉しかったんだよ。ああ、こいつイイヤツだな。友達になれてよかったなってさ」

「……っ」

咄嗟に圭一は口の中に肉まんを押し込んだ。つるりとした皮が冷たい唇に当たる。湯気で顔は温かいのに、心臓は凍りついたように冷たい。

ああ、こいつイイヤツだな。友達になれてよかったなってさ――吉野の言葉が蘇る。

急激に込み上げてきた罪悪感に胸が押し潰されそうになった。

苦痛を堪《こら》えるように柔らかい生地に強く歯を立てて、圭一は思う。

自分はイイヤツなんかじゃない。

吉野が雑賀に二度目の告白をして振られた時、圭一は慰めながら心の中ではとても彼には言えないようなことを考えていたからだ。

雑賀に吉野をとられなくてよかった——と。

吉野は圭一を今でも友達だと言ってくれる。

圭一にも吉野は当時から特別な存在だった。二人の間にあるのは友情に違いなかったけれど、おそらく彼が言う『友達』の定義とはだいぶ違う。

社交的な吉野には、圭一はあくまでその他大勢の友人の一人にすぎない。だが圭一にとっての吉野のポジションは、他の誰にも替えはきかないものだった。

だから、友情が少しおかしな方向へと捻《ね》じ曲がってしまったのかもしれない。

——雑賀には好意を寄せている男子がいる。

高校三年生も三分の二が過ぎた頃、圭一がその噂を耳にしたのは偶然だった。

当時、雑賀という名前はその他に比べたら多少敏感に反応するくらいにはよく聞いていたので、思わず立ち聞きしてしまったのだ。

放課後の教室で談笑していたのは見覚えのある二人だった。名前はうろ覚えだったが、去年のクラスメイトだ。雑賀と仲が良かった女子。

まさか圭一が聞いているとは思わないだろうから、彼女たちの口から雑賀の名前ははっきりと聞き取れた。会話の内容は途切れ途切れだったものの、必要な部分は理解できた。雑賀に好きな男子がいる。具体的な個人名は聞き取れなかったが、しかしそれはどう考えても吉野の人物像とはかけ離れていた。

二人に気づかれないようにそっとその場を離れた後、圭一は後悔した。聞かなかった方がよかったのかもしれない。

だが一方で、ふとこれはいい機会なのではないかと思い立つ。

年が明けて、三年生は自由登校になっていた。進学クラスはそれぞれが各々の日程で受験会場へ足を運び、徐々に合否が揃い始める。

圭一はどうにか第一志望校へ進学を決めた。吉野も志望校に合格したと報告がきた。雑賀はすでに推薦入学が決まっていたので、準備は整ったと思った。

吉野に再度雑賀への告白を後押ししたのは圭一だ。

躊躇《ためら》っていた吉野をけしかけたのだ。卒業したらもう彼女とは会えなくなる。最後にもう一度気持ちを伝えてみたらどうだと。

結果はこの時点で圭一だけがわかっていた。きっと吉野はまた彼女に振られてしまうだろう。そうしたら、今度こそきっぱりと諦めがつくはずだ。

いつまでも吉野の心が雑賀に向いているのが何となく気に入らなかった。卒業すればどうせバラバラになり、放っておいても吉野と雑賀は離れる。物理的には問題ないが、精神的にも吉野にこれ以上は無駄だと思い知らせたかった。

どうしてあの頃の自分がそんなふうに考えたのか、今でもよくわからない。

吉野が未練を残さないよう、雑賀に徹底的に振られることを期待した。振られた彼はショックで落ち込むだろう。その時に彼が思い出すのは自分しかいない。それを想像してゾクゾクした。吉野はきっと泣く。感情を剥き出しにして、他の誰にも見せないような顔を圭一の前でだけ晒《さら》してみせるのだ。その二人だけの時間が、圭一の宝物だった。

案の定、吉野は雑賀に振られて圭一のところへ戻ってきた。何もかもが自分の思い通りに進んだことに、ひそかに昏《くら》い悦《よろこ》びを感じていた。

吉野に対する異常な独占欲や執着心があったことを、今では自覚している。それが普通の友情の域を超えていたことも、時間が経つにつれてわかってきた。

あれから一年が経って、ようやく冷静に自己分析ができるようになった。

子どもが大切なおもちゃを誰にも貸したがらないのと一緒だ。あの頃の圭一はまさにその心境だったように思う。初めて自分から興味を持ち、この人の視線や言葉や一緒にいる時間をもっともっと欲しいと思った相手を、他人にとられたくなかったのだ。

しかしそれは圭一自身の欲望であり、身勝手な自分のせいで吉野を不幸にしてしまったことを、後悔している。

――お前、やっぱりどっかおかしいよ。

二年前に吉野に突きつけられた言葉がまざまざと蘇った。

だが結局、その通りなのだと思う。卒業して、吉野と会わなくなってから、圭一は前以上に人とのかかわりに興味がもてなくなった。またどこかで、吉野のような相手に出会い、自分がおかしくなってしまうことを恐れている部分もないとは言えない。

まさか、今になって当の本人に再会するとは想像もしていなかったけれど。

「圭一。おい、聞いてるか？」

ハッと現実に引き戻された。

「……え？」

顔を上げると、吉野が怪訝そうにこちらを見ていた。

「何、ぼーっとしてんだよ。肉まんを口に突っ込んだまま窒息死する気か。食うならちゃんと食え。ところでお前んちどこ？」

「え？　あ、うん。えっと、あそこのアパート……」

咄嗟に指を差して答えてしまい、すぐにしまったと後悔した。

「へえ、駅からそんなに離れてないんだな。コンビニも近くにあるし便利」

嫌な予感がして、圭一は思わず足を止めた。

「あの、もうここで別れよう。俺、寄るところがあるから」

「どこだよ。何か買い忘れ？　だったら俺も一緒に行く。引き返すか？」

圭一は慌てて首を左右に振った。

「なっ、何で？　一人で行くから。吉野は自分の用があるところへ行けよ」

「だからお前についていくって言ってるだろ。俺が用があるのはお前だし。今日、お前んちに泊めてくれよ」

「は？　何で？」

ぎょっとした。冗談じゃないと首を振りながら、一歩後退る。吉野が心外そうに軽く目を瞠った。

「何でって、せっかくこうやって再会したんだし。ここで別れるのはもったいないだろ。それに」

いきなりガッと強引に肩を組まれた。びくっと反射的に怯える圭一を吉野は強い力で引き寄せると、わざとらしく声を低めて言った。

「お前、卒業してからすぐ電話番号変えただろ。連絡しようと思ったのにつながらないし。薄情だよなあ、何で教えてくれなかったんだよ」

「――！」

思わず言葉を失くした。後ろめたさにさあっと血の気が引き、視線が宙を彷徨《さまよ》う。

挙動不審な圭一の肩をポンポンと吉野が叩いた。

「まあ、それも含めていろいろ話そうぜ」

楽しそうに行くぞと促してくる。

圭一は引き摺られるようにして重い足を動かすしかなかった。

▼2▲

「おう、青柳。おはよ。今日も朝からしけたツラしてんな」

野太い声に顔を上げると、前方から蛍川が歩いてくるところだった。鼻の下を伸ばして擦れ違う女子学生の生足に気を取られ、がたいのいい身体が段差に蹴躓《けつまず》いてつんのめる。

「……おはようございます。先輩は今日も相変わらずいやらしい顔をして元気ですね」

「おい、どういう意味だ。人の顔を猥褻物《わいせつぶつ》扱いするんじゃねえよ」

ペンッと頭をはたかれた。

「痛っ。……先輩こそ、俺の頭を早押しボタンか何かと勘違いしてるんじゃないですか」

「ちょうどいい位置にお前の頭があるんだよ。俺だって、かわいい後輩なら頭と言わずあちこちなでなでしてやるよ？　あんなふうに」

そう言って彼が指差したのは、ちょうど建物から出てきた学生だった。

「あんなふうって……女子じゃないですか」

「性別の問題じゃない。初々《ういうい》しさの話だ。お前も一年前はもうちょっとかわいげがあったのになあ。いつの間にこんなに生意気になっちまったんだか。といっても、新入生にしては随分とふてぶてしかったけどな」

「……普通ですよ。先輩が図々しかったんです」

「ホント、生意気なヤツめ」

蛍川が無精ひげの浮いた浅黒い肌をしごきながら、げらげらと笑った。

彼との出会いは、大聖《たいせい》大学の全新入生を対象とした学部オリエンテーションだった。

ガイダンスと親睦を深めるのが目的のこのイベントは、入学式の翌日から一泊二日の日程で、学部ごとにバスに乗り込みそれぞれ決まった行き先に出かけるのだ。圭一も経済学部一年生として参加せざるをえなかったが、とにかく苦痛の二日間だった。そこにスタッフとして、当時同学部二年だった蛍川も参加していたのである。

一年生は学生番号順にグループに振り分けられて、大部屋での寝泊りだった。ガイダンスでは部屋を移動するごとにグループ分けされるし、そのたびに自己紹介の連続でうんざりだった。

せっかく大学生になったのだ。高校までのような狭い閉鎖空間とは違い、大学はいろいろな意味で自由だと思っていた。その分、自己責任が伴うが、干渉からは逃れられる。ましてや個人の交流関係にいちいち教授や講師が口出しすることはない。

これまでのように周囲から孤立しないよう、人目を気にして義務的に居場所を作る必要はないのだ。母親に頭を抱えさせる面談もない。友達がいなくても実家の両親に気を遣う必要はなかった。自由気ままだ。ようやく自分を取り戻せたような、そんな解放感があった。

だから、誰彼構わず手当たり次第に個人情報の交換をし始める新入生たちの心理が、圭一にはさっぱり理解できなかった。

自由時間になり、熱気のこもった館内からひとけのなさそうな通路を選んで外に出る。周囲に誰もいないことを確認して、盛大にため息をついた。

——疲れた。ガイダンスなんて大学でやればいいのに。何でわざわざこんな遠くまで来てあんな浮かれたヤツらと一緒の部屋でメシ食って寝なきゃいけないんだ。窒息する……。

プッ、ブハハハッ。と、笑い声が聞こえてきたのはその時だった。

圭一はぎょっとして固まった。まさか入り組んだ壁の向こう側で、煙草を吸っている二年生がいたとは気づきもしなかった。気を抜いて一人でこっそり愚痴《ぐち》を零しているところを聞かれてしまったのだ。

彼は協調性のない自分を見咎《みとが》めて叱るつもりかもしれない。そう覚悟したが、意外なことに蛍川はただ圭一を指差して大笑いし、それ以来、大学構内で会うと何かと声をかけてくるようになった。

最初はなぜ彼が自分に構ってくるのかわからず、少々わずらわしく思っていたものの、単独行動を好むゆえ横の繋がりがない圭一にとっては、彼が唯一の情報源だった。大学の授業は煩雑で、講義やレポートに関しての詳細を流してくれる存在は貴重でありがたい。

その謝礼として、自称お祭り男の蛍川の誘いには五回に一回の割合で付き合うことにしている。毎回付き合っていたらとてもではないが圭一の体がもたない。断られることを承知で毎度圭一に声をかけてくれるのだから、結局蛍川という男は人がよく面倒見のいい人間なのだと思う。今現在、圭一が大学で唯一気兼ねなく話せる相手だった。

懲《こ》りずにまた別の女子学生を目で追いながら、蛍川がふと思い出したように言った。

「そういやこの前の飲み会、お前二次会に行かずに帰ったけど、あの後どうした？」

「……どうしたって、家に帰りましたけど」

「誠羅《せいら》大のヨシノってヤツと一緒に？」

圭一は思わず蛍川を凝視した。彼がにやりと笑って「やっぱりなあ」と言った。

「あのヨシノクン、二次会に行くフリしていつの間にか消えちゃってたからな。イケメン不在で女の子たちが大騒ぎしてさ。実はむこうの大学はあいつを目当てに来てる子が多かったんだよ。他の大学の女の子たちもざわざわしてたしな。もてる男は凄いね。その上、俺見ちゃったからね。珍しくお前が俺以外のヤツと喋ってるとこ。高校一緒だったんだって？」

蛍川に訊かれて、圭一はぎょっとした。どこからそんな情報が回ったのだろうか。思わず顔が引き攣ってしまう。

「女の子たちが話してたからな。お前のこともちょっとした噂になってたぞ」

「は？　俺もですか？」

「お前がとっとと帰るから、ヨシノと一緒に抜けてどこかへ二人で遊びに行く計画を立ててたんじゃないかって言われてたぞ。実際、一緒だったんだろ？　そういう勘はいいよなあ、女って。恐ろしいねえ」

ケラケラと笑いながら言われて、圭一は押し黙った。吉野ならわかるが、自分までがまったく知らないところでそんな噂話の対象にされていたなんてぞっとしない。

「……確かにあいつは高校時代の同級生ですけど、別にそんな計画を立てていたわけじゃないですよ。駅にむかっていたら、たまたま一緒になっただけで……」

言いながら、そうじゃないことは圭一もわかっていた。

あの日、結局吉野は圭一の家に泊まっていったのだ。

最初からそのつもりだったのだろう。狼狽える圭一を押し退けて、吉野は勝手に部屋に上がると自由気ままに寛ぎ始めた。

——へえ、お前こんなところに住んでるんだ？　畳ってところがお前らしいな。何かこの部屋、落ち着くわ……。

おろおろする圭一をよそに、どこまでも自由な吉野はごろんと寝転んでしまったのだ。

気まずいと思っているのは自分だけのようで、彼は懐かしそうに高校時代の思い出話をあれこれ語りだした。

内容は当時二人で一緒に弁当を食べていた時の会話やちょっとした出来事など。よく覚えているなと感心するほどに些細なくだらないものまで話題は広がっていった。

雑賀の話は出てこなかった。そのせいか、次第に圭一も記憶を遡《さかのぼ》り、吉野と過ごした当時の楽しかった日々を思い出した。

急に声が聞こえなくなり、不審に思った圭一がローテーブル越しに覗き込むと、吉野はすうすうと気持ち良さそうに寝息を立てて眠っていた。ついさっきまで笑っていたのに、あれには呆れた。布団が一組しかないので、毛布と掛け布団を吉野にかけてやり、圭一は敷布団に包《くる》まって寝たのだ。

そして翌朝、ごそごそと物音がするので目を覚ますと、彼は一限目の講義に出ないとまずいのだと言い残して、慌てて帰っていったのである。それなら泊まらずに帰ればよかったのにと思いながら、圭一は寝ぼけまなこで見送ったのだった。

「けど、意外だったな」

蛍川がニヤニヤと締まりのない顔をして言った。

「何がですか？」

「いや、お前とあのヨシノが仲良しだったことがだよ」

「……別に、仲良しってわけじゃ……」

「仲良しだろ。少なくとも、俺はお前が同学年のヤツと話してるところを初めて見たぞ。険悪な雰囲気ってわけじゃなかったし、むこうもお前に会えて嬉しそうだったじゃないか。お前の方もいきなりの再会にちょっと困ったふうな感じはあったけど、嫌がっているようには見えなかったし」

一番盛り上がっていた集団の中心にいたはずの蛍川が、そこまで自分のことを見ていたとは思わなかった。

「お前、隣の席にいた他大学の酔っ払いに絡まれてただろ？　さすがに困ってたみたいだし、あれは救出しなきゃマズイと思って俺もそっちに行こうとしたんだけど、先にヨシノがお前を助けに行ったからさ。女の子までいっぱい引き連れていったけど」

「え？」

「ヨシノは、お前のことを親友だって周りに言ってたみたいだぞ。でもまあ、ちょっと安心したな。お前にもそういう友達がいてさ。大学で見かける時はいつも一人でいるだろ？　蛍川センパイはひそかに心配してたんだぞ」

冗談めかして言いつつも、蛍川はまるで自分のことのように嬉しげに笑って圭一の頭をくしゃくしゃと掻き混ぜてきた。

「……親友？」

鳥の巣のようになってしまったクセの強い髪を、蛍川が「ああ、しまった。やりすぎた」と、せっせと直してくれる。自分に無頓着な圭一の髪の毛は大抵いつもモサッとしているので別に気にならないが、先ほどの言葉には妙に心をくすぐられた。

吉野は本当に圭一のことをそんなふうに言ってくれていたのだろうか。

「あれからもヨシノとは連絡取ってるんだろ？」

蛍川に訊かれて、圭一は躊躇いつつも頷いた。

「……まあ、一応」

――そうだ、新しい連絡先教えろよ。俺のスマホの中、まだお前が高校の頃に使ってた番号が残ってんだぞ。あれ、ガラケー？　新しく買い換えたくせにまたこっちにしたのかよ。変わってんなあ、まあ、そういうところがマイペースなお前らしいけど。

笑いながら吉野が勝手に登録した番号が、圭一の携帯電話に保存されている。

圭一は過去の後悔から吉野に対してずっと罪悪感があり、すでに自分は彼の友人失格なのだと考えていた。

だが何も知らない吉野は、なぜかあの日以来、頻繁《ひんぱん》に圭一のアパートを訪ねてくるようになってしまった。

彼の家から圭一が暮らすアパートまで、電車を乗り継いで一時間ほどの距離らしい。部屋に入り浸る理由にはまったくならないが、「ここは妙に落ち着く」と、心地好さそうに寛ぐ彼を見れば、邪険に追い返すこともできなかった。

吉野と顔を合わせるたびに、心の底にもやもやとした蟠《わだかま》りが蘇り複雑な気持ちになることは変わりない。

しかし、それを上回って、吉野と一緒に過ごす時間がまるで高校時代に戻ったかのように懐かしく、楽しいと思ってしまう。あんなに恨めしく思っていた再会は、案外そう悪いものではなかったかもしれない——そう、ころっと手のひらを返したような自分の心の変化に戸惑いは隠せないが、このドキドキとワクワクが入り交じった高揚感を経験するのは正に一年ぶりだった。

ガラにもなく、ふわふわと舞い上がっているのが自分でもわかる。

今度こそ、おかしな情を交えずに、吉野と本当の友達になれるだろうか。

お前のことを親友だって周りに言ってたみたいだぞ——蛍川の言葉が蘇る。

吉野は今も昔も変わらず好意的に接してくれる。あとは自分さえ間違えなければ、大丈夫なんじゃないか。

期待が罪悪感を包み込む。

今日も、圭一が帰宅する時間に合わせて、吉野はやって来るのだろう。


大学からアパートに戻ると、待ち構えていたように、ドアの前に座り込んでいた吉野が立ち上がった。

圭一を見て「よう」と軽く手を上げ、笑ってみせる。白い健康的な歯が陽光を反射し、圭一は眩《まぶ》しさに目を細めた。

「これ、買ってきたぞ。醤油ってこれでいいんだよな？　俺、あんまこういうの買ったことないからわかんなかったんだけど」

吉野がスーパーのレジ袋を掲げてみせる。圭一もよく利用する近所のスーパーのものだ。ここに来る途中に寄ったのだろう。何か欲しいものがあるかとメールで訊かれたので、圭一は醤油を頼んだのである。すぐに返信メールが届いて『お前は主婦か！』と突っ込まれた。

圭一は中身を確かめて頷く。袋の中には他にもお茶のペットボトルと缶ビール、菓子類が入っていて、意外と重たい。

「ありがとう、助かった。昨日バイト帰りに買い物したんだけど、閉店間際だったせいかちようど品切れだったんだ」

「醤油って品切れになんの？　毎日買うもんでもないだろ」

吉野は不思議そうに呟きながら、圭一が鍵を開けた部屋に当たり前のようについて入ってくる。勝手知ったる他人の家とばかりに玄関を上がり、六畳間の真ん中でいつものように寝転がった。

ごろんと寝返りを打つ姿は、まるで巨大な猫だ。圭一の天然の無造作ヘアとは違い、彼の茶色に染まった髪はつんつんと手間ひまかけて逆立て、跳ね具合まで計算されているように見えた。しかし、せっかく整えた頭髪が乱れるのも構わず、吉野はごろんと転がって気持ち良さそうに伸びをしている。

そんな様子を眺めながら、圭一は不思議な感覚だった。

何だか一番仲が良かった高校時代よりも、今の方が一層距離は縮まったように思える。

当時は毎日学校で顔を合わせていたが、互いの家を行き来することはなかった。卒業前に真夜中に呼び出された時以外は学校の外で会ったことは一度もなく、制服を着た彼の姿しか知らなかった。

それが今は、生活圏のまったく違う圭一のアパートまでわざわざ一時間もかけてやって来て、何をするわけでもなくごろごろと寛いでいる。帰るのが面倒だと泊まっていくこともあるくらいだ。

一人暮らしを始めて一年が経ったが、この部屋に他人を上げたのは吉野が初めてだった。

蛍川ですら来たことはない。最初は押し切られる形で乗り込まれたけれど、あれから十日も経っていないのに、すでにこの古い六畳間に吉野はしっくりと馴染《なじ》んでいた。

「喉渇いたな。何か飲もう――っと」

ごろんと横回転をしながら、吉野が畳の上を移動する。

綺麗《きれい》好きな圭一はこまめに部屋を掃除する方だが、吉野がいつもこんなふうにごろごろするので、床は特に念入りに粘着クリーナーをコロコロと転がしている。おかげで髪の毛一本落ちていない。落ちていたとしたら、それはたった今転がっていた彼のものだ。

それにしても吉野は自由すぎると思う。

他人の部屋でここまで羽を伸ばせることが、圭一には不思議だった。自分なら他人の居住スペースに上がらせてもらっても、まずそんなことはできない。吉野の価値観では、友人の家での過ごし方はこれが普通なのだろうか。これまで自分のプライベート空間に誰かを招いたことはなかったから、驚きを隠せない。吉野の行動は非常に興味深い。

本能の赴《おもむ》くままに転がって、狭い板間の台所を猫のように四つん這いで移動した吉野は、勝手に冷蔵庫の中を物色し始めた。

「おっ、何これ」

何か発見したのだろう。色めき立った声を上げる。

「なあなあ、これ何？　お前の？」

いそいそと取り出したのは、三個パックのフルーツ牛乳だった。

「……いや、特売だったから買ってみたんだ。欲しかったら飲んでもいいよ」

「いいのかよ！　んじゃ、ありがたくいただく」

子どものように喜んで、ブリックパックにさっそくストローを差す。ちゅうちゅう吸い出した吉野を眺めながら、圭一はわけもわからず嬉しくなった。

特売品というのは嘘だ。昨日、たまたま陳列棚を流し見していたら、それが目に留まったのだ。メーカーは違うが、高校時代の吉野が好んでその甘ったるい乳性飲料を飲んでいたことを思い出した。普段の圭一なら素通りするところだが、買っておいてよかったと思う。

ちゅるちゅるストローを吸いながら、吉野が言った。

「やっぱり、ここは落ち着くな。さすがお前んちって感じ」

あっという間に飲み干すと、満足そうにまた寝そべってしまう。

圭一も立ち上がり、吉野が買ってきてくれたペットボトルのお茶をグラスに注いで畳に座る。

「ほら」と、吉野が枕にしていた座布団を一枚差し出してきた。座布団もクッションもない殺風景な部屋に不満を覚えたのか、彼が勝手に持ち込んだものだった。

「ありがとう」

「今日、ちょっと暑くないか？」

「そうかな？　窓を開けようか」

何をするわけでもない。ただ、いつも何となく部屋でのんびりと過ごし、他愛もない会話をしているうちに、時計の針が随分と進んでいることに気づく。

だが、圭一は思いのほかこの時間を気に入っていた。

これまでの自分にとって、一人で部屋にこもり読書に没頭できる時間が一番幸せだったけれど、最近ではそれと同じぐらい、吉野と一緒に過ごすのは居心地がよかった。

再会した当初は圭一もどうしていいのかわからずおろおろするばかりだった。しかし、ほぼ毎日のようにやって来る吉野の行動力に圧倒され、その図々しさに呆れ、当たり前のようにそこにいる存在感に今では少し安心すら覚えてしまう自分がいる。

大学に入ってから一度も感じたことのなかったどこか浮ついた気分は、自分の人生で唯一密度の濃かった高校時代に巻き戻ったかのようだった。

窓から気持ちのいい風が滑り込んでくる。

テーブルの上に広げた料理本が勝手にパラパラと捲れた。これも圭一の私物ではない。吉野が「これが食べたい」と、自分は作りもしないのに本だけ買ってきたのである。

圭一だって料理が得意なわけではない。しかし、冷蔵庫の中には一通りの材料が揃っている。昨日、メモを手に買い物をしておいたからだ。

本の説明を食い入るようにして読み込んでいると、ぼんやりと天井を眺めていた吉野が唐突に訊いてきた。

「なあ、お前って彼女とかいないの？」

一瞬、それが自分への問いかけだとはわからなかった。

部屋には二人しかいないのだから、話し相手は圭一以外にありえない。つまりは、それくらい自分とは縁遠い内容だったのだ。

「この部屋に急に女が来たりしねえよな？」

今更何を警戒しているのか、眉根を寄せた吉野が険しい顔を向けてくる。

「……来るわけないだろう。そんな相手なんか、いない」

彼女どころか、この部屋を訪れる物好きは吉野ぐらいだ。圭一はきっぱりと首を左右に振った。

吉野が拍子抜けしたように「あっそ」と呟く。

「いや今、ふと思ってさ。急にお前の女が乗り込んできて、ここでゴロゴロしてる俺を邪魔者扱いしてさ、『出てけ！』って追い出される場面を想像しちゃったんだけど――そっか、いないのか。まあ、そんな感じはしてたけどな」

納得したように頷く彼の言葉を、圭一はどう解釈していいのか悩んだ。どう頭を捻ったら圭一に彼女がいるという発想が生まれるのだろうか。――友達すらまともにいないのに。彼の頭の中身が疑問だ。一体どんな思考回路をしているのだろう。

そこで、ふと思い当たった。そういうことを自分に訊ねるということは、裏返して吉野自身がそうであると言っているのだろうか。

「……吉野こそいいのか？　いつもこんなところにいて……、彼女に怒られないのか？」

背中を向けていた吉野が、ごろんと寝返りを打ってこちらを向いた。面食らったような顔をして瞬く。

「は？　俺？」

「えっと、何か物凄い勘違いをしたお前の彼女に包丁を持ってここに乗り込まれても、俺だって困るんだけど」

一瞬、沈黙が落ちた。次の瞬間、吉野がプッと盛大に吹き出す。

「お前！　真顔でそんな冗談言うなよ、笑うだろうが」

足をじたばたさせて、大笑いしながら吉野が転がり始めた。

「……いや、別に冗談を言ったつもりはないけど」

「ウハハッ、すげえ想像力！　だてに本ばっかり読んでるわけじゃないな。本棚びっしりじゃんか。床抜けたらどうすんだよ」

「それはちゃんと考えて、残す本と売る本は分けてる」

「あっ、真面目な答えが返ってきた。お前、やっぱり面白いな。そういうとこ好きだわ」

くっくとおかしそうに喉を鳴らしている吉野を見つめながら、圭一は何がそんなに彼の笑いのツボを刺激したのかいまーつよくわからない。ただ、吉野のことだ。新歓コンパの時の両手どころか背中両足も花だらけ状態だった彼なら、思い込みの激しい女の子が周りに一人ぐらいはいてもおかしくないなと思っただけだ。

どうせなら二股、三股かけていても――と、想像してみたが、それはないかと考え直す。圭一が知る限り、吉野はそういう不誠実なことはしない。一途な男だった。

「いないよ」と、唐突に吉野が言った。

「え？」

思わず訊き返す。ひとしきり笑って落ち着いた吉野と目が合う。彼は少々バツが悪そうな顔をして口早に言った。

「俺も付き合ってるヤツなんていないって言ったんだよ。つーか、どんな修羅場《しゅらば》を期待してんだよ、お前の頭の中は。俺を浮気男みたいに言うな。しかも浮気相手がお前って」

自分で言っておいてよほどおかしかったのか、また吉野が笑い出した。

圭一は意外な気持ちでその様子を眺めていた。

「……何だ、いないのか。そっちの方が不思議だな」

「不思議って何だよ、それ」

ふいに笑みを引っ込めた吉野がのっそりと起き上がった。胡座をかき、一瞬躊躇うような素振りを見せた後、頭を掻きながら言いにくそうに口を開く。

「ていうかさ、俺——…今だけじゃなくて、これまでまともにちゃんと誰かと付き合ったことないんだけどな」

「……は？」

圭一は目をぱちくりとさせて吉野を見た。

「周りは俺のことを勝手に想像してたみたいだけど。実際には彼女って呼べる子がいたことはない」

秘密を明かして、どこかすっきりしたような顔の吉野がふうと息をついた。

「といっても、童貞ではないけどな」

意外すぎる告白に、圭一は驚きを隠せない。

「何だよ」と、吉野が目を眇め語気を強める。照れ隠しなのは丸わかりだった。

「彼女いない歴＝年齢で悪いかよ」

「……何も言ってないじゃないか」

「お前、また顔が笑ってんだよ。ニヤニヤしやがって。そっちだって同じだろうが」

ムッとした吉野が座布団を圭一に向けて投げてきた。受け止め損ねて、安物の座布団が顔面にぼふっと被さる。

「……俺は、そうだけど。吉野は何か、見た目のイメージと違うから」

「何だよイメージって、チャラいってことか？　だってしょうがないだろ。本気で好きになれる相手がいないんだから」

吉野が照れ臭《くさ》そうにむくれた。

女好きのする外見を武器に、相手をとっかえひっかえしていそうな軟派な雰囲気のくせして、中身は詐欺かと疑うほど一途で純情。

吉野は圭一に投げつけた座布団を返せと引っ手繰って、またごろんと寝転がった。仰向けになった彼が畳の上から圭一を見上げてくる。

「こんなことを話したのは、お前が初めてだよ。高校の頃もそうだったけど、俺の秘密を知ってたのは圭一だけだったもんな。お前は特別だわ」

ニッと笑って言われた瞬間、なぜか心拍数が急激に跳ね上がった。突然のことにびっくりして、圭一は思わず自分の胸元を押さえる。何に反応してこんなに心臓が高鳴っているのか自分でもよくわからない。

戸惑う圭一の脳裏に、ふとある日の放課後の風景が蘇った。圭一の席に座ってテニスコートを眺めていた高校生の吉野。

——だってしょうがないだろ。本気で好きになれる相手がいないんだから。

彼に興味を持ち始めたその原点を久しぶりに垣間見た気がして、圭一はわけもわからず高揚した。それと同時に、もしかしたらと一抹の不安が胸を掠める。

「吉野、もしかして吉野は……」

まだ、雑賀さんのことが忘れられないんじゃないか？

そう続けようとした言葉を、圭一は寸前で飲み込んだ。中途半端に黙り込んでしまった圭一を、吉野が不審げに見やる。

「あ？　何だよ」

「……何でもない」

首を左右に振った。

「は？　嘘つけ、途中で止めんなよ。気持ち悪いだろうが。ほら言え、早く吐けって」

テーブルに身を乗り出して、吉野が圭一の腕を掴んでくる。

「ほ、本当に何でもないって。ちょっと間違えただけだ」

「間違えるって何をだよ。絶対何か言いかけただろ。『もしかして吉野は』の次は何だ？　悪口か？　よし、怒らないから全部言え」

「ち、違っ、吉野危ないって、コップが倒れる……」

吉野のスマホがムームーと震え出したのは、彼が狼狽える圭一を面白がって胸倉を掴み引き寄せようとした時だった。

「あっ、で、電話！　電話が鳴ってる」

「あ？　誰だよ、これからがいいとこなのに邪魔しやがって……あ――」

液晶画面を確認して、吉野が面倒くさそうに舌打ちをした。

「行かないって断ったのにしつけェな――はい、もしもし？」

『あ！　吉野くん？　やっと繋がった！』

回線の向こう側から女の子の甲高い声が聞こえてきた。

一旦、吉野が耳から遠ざけて、「うるせえなあ」と不快そうにぼやく。

「おいこら」

ぼんやりしていると、ペシッと頭をはたかれた。

「何をホッとした顔してんだよ。後から絶対に聞き出すからな」

顔を近付け潜めた声で言われて、思わず圭一はビクッと体を揺らした。吉野は面食らう圭一のうねったクセ毛を一束摘《つま》むと、揶揄《からか》うように引っ張って立ち上がる。

「はいはい、何？　ああ、うん。今日はごめんね」

再び耳にスマホを押し当てながら、吉野は窓からベランダへ出て行った。

一人取り残された圭一は、何事もなかったかのようにテーブルの上の本に視線を戻す。

だが、まったく内容が頭に入ってこない。なぜか脈拍が異常に速く、頭の中には心臓の音が響き渡っている。

そわそわしながら、何とはなしに吉野に引っ張られた毛先を摘んで、酷くいたたまれない気持ちになった。――何かがおかしい。大学で蛍川に触られた時は、こんなふうじゃなかった。吉野が触るとどうしてこんなに動悸がするのだろうか。

戸惑ってまた脈拍が上がる。

咄嗟に胸元を押さえつつ、そういえば久しぶりに胸倉を吉野に掴まれたなと思った。

高校時代の吉野は、何かと反応の薄い圭一に焦れて、よく冗談のように制服の胸倉を掴んで揺さぶってきた。そのせいで卒業する頃にはシャツが少し伸びて変なクセがついていた。

あのシャツはまだ実家にあるのだろうか。母親が捨てていなければ、今も自室のクローゼットにしまってあるはずだ。

ベランダから吉野の笑い声が聞こえてきた。

珍しく人当たりのよさそうな声。耳慣れない笑い声はどこか作られたもののようで、違和感がある。

ああ、そうか――圭一は唐突に思い当たった。

新歓コンパで女の子たちに囲まれて笑っている吉野を眺めながら、何かが違うと気持ち悪く感じた理由はこれだったのかもしれない。

吉野は普段あんなふうには笑わない。

テレビに映る有名人のように、当たり障りのない笑顔を上手く繕《つくろ》っていたのだと、今になってようやく気がついた。

——ていうかさ、俺——…今だけじゃなくて、これまでまともにちゃんと誰かと付き合ったことないんだけどな。

あの言葉が真実味を持って蘇る。

高校時代、雑賀のことを熱心に語っていた吉野の笑い方は更に違っていた。

見ていて酷くむず痒くなるような、半ば呆れてしまうような、持て余した幸福を分け与えてもらっているような、なぜだか少し切なくなるような——そんな笑顔だった。

あの笑顔をもう一度見たいと思う。

だがそれは、彼が本気で好きだと思える相手が現れた時にしか、見られないのだろう。

窓の隙間から、耳触りのいい言葉を選んでやんわりと断る吉野の声が聞こえた。

飲み会のお誘いなのだろう。馴れた物言いだ。どうやら一度断られた吉野に再度誘いをかけているらしい。

吉野が彼女たちの誘いを断ったのは、ここへ来るためだろうか。

誘われたのは圭一に今日の予定を訊ねた後だったのかもしれないし、誘いを断る口実として圭一にメールを送ってきたのかもしれない。そのどちらでも別に構わなかった。

ただ、圭一には今改めて心に決めたことがあった。

次に吉野が誰かに恋をしたら、その時は今度こそ心の底から喜んで応援しようと思う。

もう幼稚な独占欲で彼の失恋を期待しない。誰かに彼を取られたくないなどと歪んだ執着はしない。

それが、本当の親友というものだろう。

圭一は吉野の親友になりたかった。吉野が望んでいるような裏表のない親友に、圭一はなりたい。そしてまた、あのくすぐったくなるような笑顔を間近で見たいと思う。

雑賀に偶然再会したのは、五月も半ばを過ぎた日曜のことだった。

▼3▲

暇なら付き合えと、吉野から電話が掛かってきたのは昨日のことだった。

「圭一」

ポンと肩を叩かれて、圭一はハッと読みかけの文庫本から顔を上げた。陽光に射《い》られた視界が眩しくて目がチカチカする。文字を追いかけるのに夢中で意識的に周囲の雑音を遮断していたせいか、一気に喧騒《けんそう》が耳に流れ込んできた。

ここが外だということを完全に忘れていた。目に映るのは駅前広場。背の高いレトロ調の街灯が等間隔に並び、セピア色のそれらの周辺には多くの人が溢れている。圭一もその中に紛れた一人だった。

いつの間に現れたのか、怪訝そうな顔をした吉野が隣に立っていた。

「こんな太陽が照ってるところで本なんか読むなよ。目が悪くなるぞ」

「あ、うん」

慌ててしおりを挟み、本を閉じる。

「早く着きすぎたから、吉野が来るまでの時間潰しのつもりだったんだけど。つい夢中になってしまった」

「早くっていつから来てたんだよ」

「えっと……」

腕時計を見ると、ちょうど待ち合わせの時刻を差していた。最後に確認してから三十分が経過している。

「それならそれでメールでも寄越《よこ》せよ。俺もちょっと早めに着いたから駅の本屋で立ち読みしてたんだぞ。知らせてくれたらすぐ向かったのに」

「吉野も本を読んでたのか」

「いや漫画。文字ばっかだと眠くなる」

圭一の手から文庫を引っ手繰ってぱらぱらと捲った彼は、わざとらしくあくびをしてみせた。「やっぱダメだ」と返される。

ふと、昔一緒に図書館へ本を借りに行った時のことを思い出した。

——なあ、圭一。太宰治《だざいおさむ》って俺にも読めるか？

ある日突然、真剣な顔をした吉野がそんなことを訊いてきたのだ。当時の圭一は鳩が豆鉄砲を食ったような衝撃を受けた。

熱でもあるのかもしれない。読書嫌いのはずの彼を心配したが、話を聞いてみると何てことはない、実に吉野らしい理由だった。

雑賀が読んでいた本が太宰の小説だったのだ。

だが、それだけで自分も同じ本を読んでみたいと考える彼の心理に、圭一は酷く感心した記憶がある。国語の教科書に落書きをして遊ぶような男だったから、尚更だった。

圭一はほとんど足を踏み入れたことがないという吉野に付き添って図書館を訪れた。中学の頃に読んだ物の中で比較的読みやすかった数冊を勧めてみたのだ。しかしどうも彼に太宰は合わなかったようで、感想を訊いてもよくわからないとぼやいていた。それでも一応全部に最後まで目を通したらしく、二週間の貸し出し期間中、彼の目の下には毎日クマが浮いていた。そのぶん、授業中に居眠りをして、担任から呼び出しを食らったらしい。当たり前だ。三年の二学期といえば、受験生にとって一番大切な時期である。

その頃、すでに雑賀は推薦で早々と合格が決まっていたそうだ。一般入試を受験する予定だった吉野に、圭一は何冊も本を勧めたことを後悔した。この時期に読書をするのならせめて一冊にしろと止めるべきだった。彼の熱意のこもった不純な動機にあてられて、そこまで気が回らなかったのだ。

結果として、吉野が志望大学に合格したからよかったものの、もし失敗していたらと思うと恐ろしい。圭一の罪悪感のタネは確実に増えていた。

圭一が本を鞄《かばん》にしまうのを待って、吉野が訊いてきた。

「腹減ったな。お前は？　朝食った？」

「食パンを一枚、焼いて食べた」

「お前、今日何時に起きたの」

「七時だったかな」

「早いな、普段と変わんねェじゃん。何だよ、日曜まで早起きか。相変わらず真面目だな。

だったら、そろそろお前も腹が減る頃だろ。よし、先にメシにしよう」

「え、個展へ行かなくていいのか？　知り合いが待ってるって言ってなかったっけ」

「いや、何時に行くって決めてたわけじゃないし。今日ならずっと会場にいるって言ってたから、別に昼からでも構わないよ。あんなとこで腹が鳴ったら困るだろ？　ほら行こうぜ」

行ってみたい店があったんだよと、吉野が機嫌よく歩き出す。

圭一は慌てて小走りで後を追って、自分より十センチほど上背のある吉野と肩を並べた。


街中の小さな画廊を借りて開いた芸大生グループの展示会は、予想以上に楽しめた。

幅広い交友関係を持つ吉野は、自分が通う大学の近辺にある芸術大学にも知り合いがいるようだ。

初のグループ個展を開くから来てくれと声をかけられて、自分よりは興味がありそうな圭一を誘うことにしたらしい。絵画や彫刻にはまったく興味がないけど、せっかくだしとりあえず顔を出しとこうかなと思って——と、案外義理堅い彼は言っていた。

吉野が主催者と話し込んでいるので、圭一は邪魔しないよう一人で観て回ることにする。

圭一もそこまで興味があるわけではなかったが、これらの作品全てを自分と同世代の学生たちが制作したのかと思うと、少なからず感銘を受けた。

吉野と合流し、タイトルと作品を照らし合わせながら揃って首を捻る。「なあ、この絵のどのへんが『明日への希望』なんだと思う?」「どっちかというと、希望より不安を掻き立てられる気がするけど……」芸術に疎《うと》い二人だ。見当違いな感想を口にしながら、しばらくして画廊を後にした。

「ちょっとこの辺りをぶらぶらしていこうぜ」

吉野に言われて、特に予定もない圭一は頷く。

繁華街を歩くのは久しぶりだった。

基本が大学とアルバイト先の自然食品店とアパートの三ヶ所をぐるぐる回るような生活を送っている圭一なので、電車に乗ってわざわざ街中に出ることは滅多《めった》にない。最近では一ヶ月前の新歓コンパ以来だ。

反対に吉野は、平日でもちょくちょく出歩いているらしい。大学自体が町の中心部にあるので、授業がない時間帯に暇潰しに遊びに行くこともあるそうだ。圭一には考えられないことだった。講義と講義の間があけば図書館にいるし、授業が終われば帰宅するかアルバイト先へ直行だ。たまに蛍川に呼び出されて学食やカフェテリアへ行く以外は、大学構内でも居場所は大体決まっている。

「……あれ?」

ちょっと目を離した隙に、吉野が消えてしまった。

キョロキョロと辺りを探していると、二つ先の店の前でショーウィンドウを眺めている彼の姿を発見する。

圭一は急いで駆け寄った。吉野がそういう性格なのか、何も言わずにふらりと目についた店に入っていくので、圭一はぼんやりしていると往来に一人で取り残されてしまうのだ。

「吉野、黙っていなくならないでくれ。店に入るなら、一声かけてくれないと困る」

「ああ、悪い。傍にいるのかと思ったからさ」

ごめんごめんと笑って謝るくせに、次にはまた同じことを繰り返す。自由気ままにもほどがある。

二百メートルほどの通りを抜ける頃には、圭一だけがぐったりと項垂《うなだ》れていた。

慣れない場所と人込みに加えて、いつの間にか消えている吉野を必死に探してさすがに疲れた。吉野も何度も圭一を置き去りにしたことを反省したのだろう。

「悪かったって、そんなに睨むなよ。ちょっと休むか。ほら、あそこの店に入ろうぜ」

気を遣った吉野に促されて、カフェに入った。

観葉植物が効果的に配置された店内は、どことなく南国のリゾート地を連想させた。商店街の寂れた喫茶店ぐらいしか入ったことのない圭一には、明るく開放的な雰囲気に気圧《けお》されそうになる。そわそわと落ち着かず、やたらと辺りを見回してしまう。

一方の吉野は、これが彼の日常とでもいうように、慣れた様子でさっさと席まで移動していく。圭一は置いていかれないように慌てて追いかけた。

「ここの店、結構食いモンも美味いよ。疲れたなら甘いもん食べるか？　ケーキ食う？」

俺の奢りだから遠慮するなと、吉野はメニューを読みやすいよう圭一に向けてくれた。

「……ケーキはいい」

「だったらアイスは？　今日、結構暑いもんな。このイチゴのアイス、去年食ったけど美味かったぞ。凍らせたイチゴがそのまま入ってんだよ」

「じゃあ、それで」

「よし、決まりだな」

吉野が通りかかった店員を呼び止める。最初に圭一のアイスを頼み、自分はミックスジュースとガトーショコラを注文した。相変わらずの甘党だ。

店員は注文を淡々と繰り返して去っていった。

「この店にはよく来るのか？」

圭一は青い涼しげなグラスに注がれた水で喉を湿らせながら訊ねた。

「んー？　ああ、まあ何度か。この辺、俺の好きな店が多いし。買い物に来た時に時々」

「ふうん」

相槌《あいずち》を打ちながら、さすがに一人では来ないだろうなと思う。

客のほとんどが女性同士、もしくは男女のカップルで、圭一たちのような男二人連れは珍しい。きっと、吉野も以前は女性と来店したのだろう。

「……今日は、俺と一緒でよかったのか？」

「は？」

吉野が怪訝そうに視線をこちらへ向けた。そこで初めて、自分が心の声をそのまま口にしてしまったことに気が付いた。

「あ、いや。えっと、その……せ、せっかくの日曜なのに、女の子からの誘いはなかったのかなと、思って……」

「？　何言ってんの、お前」

「……だって、個展会場でも言われてたじゃないか。吉野は絶対に彼女を連れて来ると思ってたって」

彼の友人たちにジロジロと見られて、圭一はいたたまれなかったのだ。

「何だ、聞こえてたのか。こっちだって意味わかんねーよ。知り合った時から、何でだか俺がいつも女を連れて歩いているみたいに思い込んでんだよな、アイツら。そんなヤツいないって、お前が一番よく知ってるだろ」

不満げに頬杖をついた吉野がちらと圭一の顔を窺う。目が合って、圭一はなぜだか酷く落ち着かない気分になった。

「まあ、最近は特に訊かれるな。お前とばっか会ってたから、何か勘違いされてるのかも」

「ご、ごめん」

咄嗟に言葉が口をついて出た。吉野が一瞬押し黙り、目をぱちくりとさせる。

「は？　何でお前が謝んだよ」

「……わかんないけど、何となく」

「何だそれ？」と、吉野がおかしそうに笑った。

「その頭で、また何かおかしなことでもぐるぐる考えちゃったか？　余計なことを考えると今夜眠れなくなるぞ。夜中にお前のせいで眠れないって電話かけてくんなよ」

「……そんな電話はかけない」

「昔は職員室の前でじっと待ち伏せしてたくせに。俺のストーカーだったもんな、お前」

「ち、違う。あれはそういうんじゃない。ちょっと話が聞きたかっただけだ」

「よしよし。じゃあ、今回もちゃんと説明してやるよ」

くつくつと楽しそうに喉を鳴らしながら、吉野が言った。

「俺は俺がしたいように動いているだけで、お前が気にするようなことは何にもない。お前んちに入り浸ってるのも、今日、お前と一緒に遊んでるのも、全部俺がそうしたいからしてるだけ。まあ、変に勘繰られるのは困るけど、お前は大学違うし、そっちに噂が回ることはないだろ。大体、何か言ってくるような友達がお前にいたっけ？　一匹狼を満喫中なんだろ？　狼っていうよりモサッとしたワンコだけどな。ああ、そっか。あのホタル先輩か」

「いや、蛍川先輩は何にも。むしろ、安心したって」

「安心？」

「俺に、その……友達がいたことが」

自分で言って、妙に気恥ずかしくなった。吉野もきょとんとしている。

「ハハッ、お前よっぽど心配されてたんだな。いい人じゃん、ホタル先輩。友達なんだからしょっちゅうつるんでたって普通だろ。俺だって別に、気に入らないヤツをわざわざ誘うかよ。お前のことは好きだし、一緒にいると気がラクっていうかさ」

「――！」

思わず耳を疑ってしまった。目を大きく見開いて凝視すると、吉野がなぜか大笑いし始める。

「その顔！　すっげえ間抜《まぬ》け面《づら》してんぞ。あ！　お前今、何か喜んでるよな。ちょっとウキウキしてるだろ」

「え？」

「何かだんだんわかってきたぞ」

吉野がにやりと笑う。「高校の頃はさ、もっと無表情が徹底していて感情が読みづらかった気がするんだけど、今のお前なら何となくわかる。何でだろうな、やっぱり前よりも一緒にいる時間が長いから？　ヤバイ俺、圭一の攻略法を手に入れた」

得意げに言ってみせる顔が、まるでゲームに夢中の子どもがなかなか倒れない敵キャラの弱点をついに見つけたかのようで、圭一はどういう反応を返していいのかわからない。

だが、自分が心の中でひそかに喜んでいるのはわかった。吉野に友達だと――好きだと言ってもらえたのが、思いのほか嬉しかったからだ。

長年、一つ屋根の下で暮らしてきた両親や弟でさえ、圭一のことを「何を考えているのかよくわからない」と言って、遠巻きにするのが常だった。幼い頃はそれが少し悲しく、ある時期を過ぎてからは、むしろそれでも構わないと開き直るようになっていた。何かと他人の気にも留まらない方が、こっちとしてもラクだったのだ。

吉野と一緒にいると、ペースが狂う。

自分で自分がよくわからなくなる。

彼の何気ない言葉一つで、圭一の心は羽のように舞い上がることもあれば、ショックを受けて深く落ち込んでしまうこともあるのだろう。

今は前者だ。

——お前のことは好きだし、一緒にいると気がラクっていうかさ。

自分が彼のその他大勢の友人たちよりも、少しだけ、吉野の特別のように聞こえた。


甘酸っぱいピンク色のアイスクリームは冷たくて美味しかった。

しゃりしゃりと凍ったイチゴの食感が気に入った。普段はアイスクリームを店で食べるという考えがないので、コンビニやスーパー以外のアイスは物珍しかった。

冷たいものを食べたらあったかいものを飲めと、吉野がホットコーヒーを頼んでくれる。

彼がお手洗いへ行くため席を立ち、圭一はコーヒーを飲みながら冷えた体を温めていた。

吉野は「ゆっくり飲んでろ」と気を利かせるようなことを言い残したが、圭一は彼がジーンズのポケットを気にしていることに気づいていた。大方、スマートフォンに着信があったのだろう。圭一と違って友人の多い吉野のことだから、それは仕方のないことだ。むしろ今の、自分が彼を独り占めしている状況を何となく申し訳なく思ってしまう。

圭一はコーヒーをちびちびと啜りながら、この後の行動を予測する。

グループ展にも顔を出したことだし、当初の目的は果たせたはずだ。この店を出たら駅まで一緒に戻り、そこで吉野とは別れることになるだろう。

腕時計を確認すると、まだ四時にもなっていなかった。今日が終わるまでまだ八時間以上も残っている。

吉野と別れた後は、真っ直ぐアパートに帰宅して、適当に夕飯を食べて、風呂に入って寝る。いつもと変わらない過ごし方だ。

考えて、思わずため息をついた。

——何だかつまらない。

「青柳くん?」

ふいに名前を呼ばれたのはその時だった。

耳慣れない女性の声に、圭一は瞬時に思考を断ち切った。カップを持ったまま慌てて顔を上げて、挙動不審に辺りを見回す。

「ああ、やっぱりそうだ。青柳くんだよね?」

危うく手が滑り、カップを落としてしまいそうになった。

通路に立っていたのは、同年代の女性だ。うっすらと化粧をして髪型も変わっているが、その顔には酷く見覚えがあった。黒目がちの大きな目や、笑うと浮かぶ両頬のえくぼ。制服を脱いでもチャームポイントは当時から変わりない。この顔を世界で一番かわいいと褒め称えていた男から、圭一はずっと彼女の話を聞かされていたのだ。見間違うわけがなかった。

どうして彼女がこんなところにいるのだろう——？

固まってしまった圭一を前に、彼女はにっこりと微笑んだ。

「覚えてる？　高校の時に一緒だった雑賀だけど……」

しかし、驚きすぎた圭一は咄嗟に反応できない。

「えっと、覚えてないかな？　一応、二年の時は青柳くんとも同じクラスで……」

雑賀が明らかに落胆してみせる。

そこでようやく圭一は我に返り、どうにか口を開いた。

「……雑賀さん……久しぶり……」

「えっ」

彼女がぱあっと顔を明るくした。晴れやかに笑って、「よかった、忘れられてなくて」とホッとしたように言う。

圭一は激しく動揺しながら、コーヒーカップをソーサーに戻した。そのつもりはなかったのに、ガチャンと乱暴に陶器がぶつかる音が鳴る。

「私は友達と一緒なんだけど、あっちにいる子たちがそうで……。お店に入ったら、偶然見覚えのある顔を見つけたから。ちょっと懐かしくなっちゃって、急にごめんね」

「……ううん。そうか、雑賀さんも大学はこっちなんだっけ」

確か、女子大に推薦入学したはずだった。圭一は必死に記憶の中から当時の情報を拾い集める。まだ雑賀だから何とか思い出せるのだ。他の女子ならこうはいかなかった。

それにしてももと思う。彼女の方こそ、よく圭一のことを覚えていたものだ。当時から誰にでも分け隔てない態度で感じのいい女子だったが、卒業してからもわざわざ声をかけてくれるとは思わなかった。

いい人だ。せっかく、存在感の薄かった圭一のことまで覚えてくれていた人なのだから、気のきいた世間話ぐらい返せたらいいと思うのだが——しかし、今は駄目だ。

早く彼女を追い返さないと、吉野が戻ってきてしまう。

いろんな感情が頭を過《よぎ》ったが、とにかく吉野を彼女に会わせたくなかった。

まだ戻ってくるなと心の中で願いながら、視線がチラチラと店内を飛び回る。本当にお手洗いに行ったかどうかは定かでなく、いつどこから彼が現れるかと考えただけでヒヤヒヤする。

そんなことは何も知らない雑賀は、少しはにかむように笑って答えた。

「うん。うちの大学はここから結構近いんだよ。今日はテニス部の練習があって、その帰りなんだけど。青柳くんは——……彼女と、一緒?」

「は?」

圭一は首を傾げた。雑賀の視線を辿ると、吉野が平らげたケーキの皿を見つめている。隣には底に薄く残ったミックスジュースのグラス。

彼女は何かおかしな勘違いをしているようだった。吉野といい雑賀といい、どうして彼らは女の子と一緒にいる圭一を想像できるのだろうか。不思議でならない。

「……いや、男友達だけど。今は——ちょっと、席を外していて」

「あ、そうなんだ？」

雑賀が目を細めて笑った。

「青柳くん、変わってないね」

「？」

外見の話だろうか。

「雑賀さんは……髪が伸びたよね。色も違う」

明るい茶色にカラーリングした長い髪は緩く巻いてあって、そのせいか記憶の中にいる彼女とはだいぶ印象が違う。当時は黒髪のショートだった。

雑賀がびっくりしたみたいに目を大きく瞠った。彼女が立っている狭い通路を二人連れの客が迷惑そうに擦れ違う。雑賀は決まり悪そうに辺りを見回して、「少しだけいいかな」と、なぜか向かいの席に腰を下ろしてしまった。圭一は焦る。

「雑賀さん、あの……」

そこは駄目だ。吉野がいつ戻ってくるかわからないのに、長居されても困る。

「青柳くんはあの頃、黒髪のロングの女の子が好きだったんだよね？」

「は？」

「たまたま友達が聞いたみたいで、教えてくれたの。いつだったかな……高三のはじめぐらいだった気がする。青柳くんがそんなことを言ってたって」

一体何の話だろう？　まったく話が見えなくて、圭一は戸惑った。

「でも、もとがショートだったから、卒業まで伸ばしても全然ロングにはならなくて。もっと早くに知ってたら、頑張って伸ばしたんだけどな。クラスが離れちゃって、全然話せなくなって。卒業式も青柳くんのことを探したんだけど、結局途中で見失っちゃったんだよね」

「…………」

「実は卒業してから一度だけ、青柳くんの携帯番号を聞いて電話をかけたことがあったの。でも、もう番号が変わっちゃってて、繋がらなかったんだけど」

「……あ、ごめん。卒業式の翌日に買い換えたから」

どうして雑賀が自分に電話をかける必要があったのかよくわからなかったが、とりあえず謝っておく。まだ吉野の姿は見えない。先ほどから嫌な緊張感に心臓が破裂しそうだ。

「ううん。そっか、そうだったんだ。私こそ、いきなりやってきて一年以上も前の話を持ち出してごめんね。昨日、たまたま掃除をしてたら卒アルが出てきて、懐かしいなって思いながら見てたの。青柳くん、物凄い仏頂面《ぶっちょうづら》で写ってるんだよね」

「……そ、そうだったっけ」

「そしたら今日、こんなところでばったり会えて、もうびっくりしちゃって」

圭一の心情とは裏腹に、雑賀の口調が弾む。

「青柳くん、いつも図書館にいたよね。私も部活がない時は結構いたんだけど、わかんなかったかな？　真剣に本を読んでたから、なかなか声をかけづらくって。それに、ちょっと目を離した隙に、青柳くんがいなくなっちゃってることがよくあったんだよね。いつもふらっと現れて、ふらっといなくなっちゃうみたいな」

彼女が懐かしそうに目を細めた。

「三年になってからは、あまり図書館で見かけなくなったけど。何か、友達が変わっちゃったっていうか……だから、余計に話しかけづらくて。あのね、私ずっと青柳くんにお礼を言いたかったことがあるんだけど」

「え？　お礼？」

そわそわと吉野の気配を探っていた圭一は、ハッと我に返って首を傾げた。雑賀が嬉しそうに話を続ける。

「二年の春の球技大会の時に、私手首を捻っちゃって、しばらく左手が上手く使えなかったことがあったの。そんな時に教室の掃除当番が回ってきて、でも、他の子は用があるって先に帰っちゃったから、結局私と青柳くんの二人しかいなくて……」

当時、怪我のことを隠していた雑賀は、机を運ぶのに手間取っていた。そこへ、圭一がいきなり彼女に「ゴミを捨ててきて」と頼んだのだという。雑賀は言われた通りにゴミを収集所へ運び、教室に戻ると机はすべて元通りに並べ終わっていた。ぽかんとする雑賀に、さっさと帰宅準備を済ませた圭一が「手は無理しない方がいいと思う」と言ったのだそうだ。

「あの時は、何かちょっとびっくりして。青柳くんのイメージが全然違ったから。すぐ帰っちゃったし、ちゃんとお礼が言えなかったんだけど。すごく嬉しかったの。ありがとう、青柳くん」

「――！」

圭一はどう答えていいのかわからなかった。雑賀には申し訳ないが、まったくその話に覚えがなかったからだ。当時の圭一にとって清掃時間はただ黙々と自分の仕事をこなすだけだったし、雑賀にそんなことを言った記憶もない。二年の春といえば、圭一はまだ吉野と接触していなかった。だから雑賀のことも、ただのクラスメイトの一人としか認識していなかったと思う。更に悪いことに、クラス替えがあってひと月が経ったぐらいの頃は、女子のほとんどの顔と名前が一致していなかった時期かもしれない。

「本当はね」と、彼女が言った。

「青柳くんも私の気持ちに気づいているんじゃないかなって、思ってたんだけど。あの頃、よく目が合ったから……あ」

雑賀が不自然な声を上げた。圭一は不審に思う。彼女の目が圭一を通り越して、背後を見つめていることに気づく。――嫌な予感がした。

急いで圭一も振り返る。

「……っ」

観葉植物で仕切られたすぐ向こう側に、吉野が立っていた。

会計を済ませて一緒に店を出ると、吉野は無言で足早に歩き出した。

「あ、吉野……ま、待ってくれ、吉野」

圭一は慌てて後を追いかける。

まさかこんなところで吉野と鉢合わせするとは、雑賀も想像していなかっただろう。

――まだ、二人で一緒にいたんだ……。

バツが悪そうにそんなことを言い残すと、彼女は気まずげに席を立ってそそくさと友人のところへ戻っていった。

取り残された圭一も頭が真っ白だった。あれほど感情表現が豊かな吉野が、能面を貼り付けたような顔をして一言も喋らないのが、益々不安を煽《あお》った。何か言わなくてはと考える前に、吉野が「行くぞ」と伝票を持ったので、圭一も急いで席を立ったのだ。

吉野は人の隙間を縫うようにしてどんどん先へ進んでいく。

他人の速度について歩くのは、思った以上に体力を消耗した。人込みが苦手な圭一は、藻の合間を悠々とすり抜けて泳ぐ熱帯魚のような吉野の背中を必死に追いかける。

吉野は雑賀との再会をどう思っただろう。

驚いてはいたが、あまり嬉しそうではなかった。動揺している素振りも見られず、ただじっと黙って圭一と雑賀を見ていた。

いつからあの場所に立っていたのだろうか。どこまで圭一と雑賀の会話を聞いたのか。一つだけはっきりとしているのは、吉野は明らかに怒っているということだ。

何が彼をそうさせたのか、圭一は原因を探るため懸命に記憶を手繰り寄せる。だが、吉野を見失わないように追いかけながらでは思考がまともに働かない。

待ち合わせをした駅前広場が見えてくる。

セピア色の街灯が視界に入った途端《とたん》、なぜだか無性に焦燥感が込み上げてきた。早く、吉野を捕まえないといけない。話をしないと――。

人込みの先で吉野が歩を止めたのが見えた。

赤信号に引っかかったのかもしれない。圭一は走った。

人にぶつかりながらもどうにか彼に追いつく。

てっきり横断歩道の手前に立っているのかと思いきや、いつの間にか少し下がった路地の入り口にいた。圭一が辿り着くまでに向こうも移動したらしい。

そこから動く様子のない吉野を見て、ホッと胸を撫で下ろす。

乱れた呼吸を整えながら、圭一は彼の傍に歩み寄った。

「……吉野」

人込みから外れて、自分の声が聞き取りやすくなる。

地面を見ていた吉野が、ちらっと視線を上げた。

「知ってたのか？」

「え？」

「雑賀がお前のことを好きだったって、お前は知ってたのかよ」

圭一はきょとんとした。

「え……雑賀さんが俺を好き？　何で？」

「ハア？」と、吉野がガラの悪い低い声を聞かせた。

「さっきの話を聞いたら、そうとしか考えられないだろ。お前、何を聞いてたんだよ。雑賀が自分で言ってただろうが。お前もあいつの気持ちに気づいていたんじゃないかって。よくお前と目が合ったって」

吉野の言葉に、圭一は戸惑う。当時のことはよく覚えていないが、目が合ったというのなら、それは雑賀が吉野の想い人だったからにすぎない。だから圭一も集団の中から彼女を意識して探していたのだ。彼女がいれば、その周辺に吉野がいる確率が高かったから――。

「雑賀さんのことは、何も知らない。さっき店で偶然会って、それで初めて聞いたんだ」

いまだに、高校生だった彼女が当時の自分に気があったとは信じられなかった。

確かに彼女の会話をじっくりと吟味《ぎんみ》すれば、そうとも取れるかもしれないが、はっきりと明確な言葉を聞いたわけではない。あの抽象的な言い方ではどうとでも解釈できる。大体、どうして雑賀が自分のことを好きになるのかわからない。

吉野の考えすぎではないか？　そうも思ったけれど、口には出さなかった。余計なことを言えば、益々彼を怒らせてしまう気がしたからだ。

困惑していると、吉野が呆れたような目で見てきた。

「二年の球技大会の後、何かあったんだろ？　雑賀がそう言ってたじゃねえか」

「言ってたけど――……俺は、本当に覚えていないんだ。雑賀さんと二人きりで教室の掃除をしたことも覚えてないし、自分がその時に何を言ったかも、全然記憶になくて……」

正直に話すと、強張っていた吉野の顔が更にきつく歪んだ。

「サイテーなヤツだな、お前」

低い声で吐き捨てるように言われて、圭一は思わずビクッと肩を揺らした。

「雑賀の気持ちも知らずに、お前はずっと俺のことを応援してたんだな。俺も何も知らずにお前にいろいろ相談したりして――そりゃ、雑賀に嫌われるわけだ」

吉野が自嘲《じちょう》気味に笑った。

「お前に背中押されて、二度も告白して、あっちも迷惑だっただろうな」

「…………」

そんなことはないと言いたかったが、口が上手く動かなかった。

「ずっと気になってたんだけどさ」と、吉野が言った。

「いつも俺の話を聞きながら『どうだろう』とか『さあ、俺にはわからない』とか、適当に流して首を傾げていたヤツが、何で急に、『卒業前にもう一度告白した方がいい』って、わざわざ俺をけしかけるようなことを言い出したんだ？　やっぱりお前、何か知ってたんじゃないの？」

「それは……」

圭一は咄嗟に言葉を詰まらせた。吉野が訝しむように圭一をじっと睨みつけてくる。

当時の記憶がフラッシュバックのように脳裏に蘇る。胸の奥に隠していた罪悪感が、見る間に膨《ふく》らんで喉元を迫り上がってきた。

「よ、吉野が、早く雑賀さんのことを諦めればいいと思ったんだ」

懺悔《ざんげ》をするように言葉が口をつく。

「雑賀さんへの未練を無くすためには、もう一度きっぱりとフラれた方が、吉野のためにもいいと思って……」

「は？　俺のため？」

吉野が眉根を寄せた。圭一はぐっと一旦言葉を飲み込み、唇を噛み締める。

「……ごめん、今のは違う。吉野のためじゃなくて、俺のためだった」

「何で、俺がフラれるのがお前のためになるんだよ」

すぐさま訊き返されて、思わず押し黙ってしまった。

自分に幼稚な独占欲があったせいだと明かしたら、彼はどう思うだろうか。やっぱりこいつはおかしいと、圭一を軽蔑するかもしれない。今度は吉野の方から圭一との距離を置きたがるんじゃないか。そんなことになるのは、嫌だ――。

「それは、その……」

もごもごと言い澱む圭一をどう受け取ったのか、吉野がとんでもないことを言い出した。

「まさか、お前も雑賀のことが好きだったのか？」

「——え？」

それはまったく予想もしなかった切り返しで、圭一の脳もすぐには理解できなかった。呆気にとられる圭一の様子に、なぜか吉野の顔が見る間に険しく歪んでゆく。

「マジかよ……何だよそれ。俺、ずっとお前に嘘をつかれてたってこと？　もしかして、俺に遠慮して何も言えなかったとかじゃないよな。え？　ちょっと待て。まさかそれで最後の最後に俺がフラれて大泣きするのを見て、慰めるフリをしながら本当は心の中でざまあみろって笑ってた……？」

吉野の突拍子もない想像力に舌を巻いた。本人が真剣なので、どこからどう訂正していいのかわからない。

だが、まったくの被害妄想だとは言い切れない部分もあって、圭一は混乱する。

当時、雑賀にフラれた吉野を前にして圭一が喜んでいたことは紛れもない事実だ。ざまあみろとは思わなかったが、吉野が自分の前でだけ弱みを晒して泣きじゃくる姿を目の当たりにして、どこか恍惚《こうこつ》とした気分を覚えたのは間違いない。

「……否定しないんだな」

ぽつりと吉野が言った。ハッと現実に引き戻された圭一は、懸命に首を左右に振る。

「ち、違う……違うんだ、吉野。そうじゃなくて……」

「違わねえだろ！」

怒鳴りつけられて、圭一はビクッと全身を硬直させた。一瞬、沈黙が落ちる。周囲の視線がチラチラと二人に注がれるのがわかった。我に返った圭一はおろおろと辺りを見回しながら、俯いている吉野に一歩近付く。

「あの、吉野……」

肩に触れた途端、パシッと手を払いのけられた。

「触るな」

「――!」

茫然と立ち尽くす圭一を避けるようにして、吉野が一人歩き出す。

吉野、と咄嗟に呼び止めようとしたが、声が出なかった。

背後がざわざわと動き出す。ちょうど信号は青になり人の波が動き出した。吉野も大勢の歩行者に紛れて横断歩道を渡り始める。

追いかけなきゃ――と頭では思うのに、まるでその場に足の裏が縫い留められているかのように、一歩も動くことができなかった。

やがて信号が赤に変わる。

吉野の姿を完全に見失ってしまった。

▼4▲

こんなにも必死に頭を使って何かを考えたのは、生まれて初めてかもしれない。

同じ状況下に置かれても、別の相手ならこれほどまでに悩みはしなかっただろう。言われるままに受け止めて、そういうものかと自己完結で済ませていたはずだ。それがきっかけで一つの縁が切れてしまったとしても、仕方のないことだと諦めたに違いない。そうしたくないのは、相手が吉野だからだ。

彼には嫌われたくなかった。

だから、正直に打ち明けようと思う。

吉野は怒っていた。

何が原因なのかは、どれだけ考えても正解がわからなかった。吉野の言い分が聞きたい。でもその前に、まずは誤解を解かなくてはいけない。

当時の自分は雑賀に対して、同じ高校の同級生以上の感情を持ってはいなかった。だから圭一が彼女に特別な想いを寄せていたという、吉野の見解は大きな間違いなのだ。もし、あの頃の圭一が吉野と同じ人物を好きだったというその事象自体が気に入らなかったとしたら、そこは一刻も早く誤解を解かなくてはいけない。とにかく、吉野に話を聞いてもらわなければ。

圭一は吉野に置いてけぼりにされた後、とぼとぼと一人で自宅に戻るしかなかった。それからずっと六畳間の隅っこで蹲《うずくま》り、今日一日で起こった出来事を一つ一つ思い出していたのだ。

誰かと休日に待ち合わせて出かけるのも初めてならば、お洒落なセレクトショップやカフェへの入店も初体験だった。慣れない場所で一人にならないように吉野の後を追いかけるだけで精一杯だったが、それもなかなか楽しかった。

あのカフェに入らなければよかったのだと思う。もし他の店だったら、雑賀と鉢合わせることもなく、きっと吉野とも笑顔で別れていたはずだ。

雑賀が当時圭一のことをどう思っていたかなんて、正直に言うとどうでもいい話だった。今更そんな話を聞かされたところで、どうもならない。懐かしい顔を見つけてただ暇潰しに当時の思い出を語りたかっただけなら、本当に迷惑な話だった。

掃除のお礼なんてどうだっていい。だって、圭一は何も覚えていないのだから。それよりも、早く話を切り上げて吉野が戻ってくる前に席を立って欲しかった。結局、雑賀がしたことといえば、せっかく繋がっていた圭一と吉野の間にいたずらに溝を作っただけだ。

もちろん、彼女に悪気があったわけではないことはわかっている。優しくて気の利くいい人なのだと承知しているけれど、どうにも昔から圭一にとって雑賀は鬼門《きもん》だった。彼女のおかげで吉野と知り合えたが、その一方で圭一と吉野の間にはいつだって彼女が立ちはだかっている。この気持ちをどう表現していいのかわからず、胸の辺りが無性にもやもやした。

ふと気づくと、辺りは真っ暗だった。

時計を確認すると午後七時を回っている。

吉野はもう家に帰っているだろうか——。考えると圭一は居ても立ってもいられなくなって、急いで部屋を飛び出た。

駅の構内は、日曜の夜なのでスーツ姿のサラリーマンやＯＬはほとんど見かけない。その代わりに私服姿の若者たちがうろうろしていて、昼間とは違うどこか澱んだ熱気に息苦しさを覚えた。

電車に乗り、目的の駅で降りる。苦手な人込みの中でも、躊躇《ちゅうちょ》せずに足が進んだ。とにかく早く吉野に会いたかった。

前に一度だけ、彼の家にお邪魔したことがある。

大学の講義が終わって帰宅途中に吉野から電話がかかってきたのだ。

その日は圭一のバイトが休みだと知ると、なぜかそのまま駅へ向かえと言われた。わけもわからないまま吉野の指示に従って電車を乗り継ぎ、言われた通りの駅で降車して改札を抜けると、そこには吉野が手を上げて待っていたのである。

よし、行くぞと、吉野は戸惑う圭一を促して、それほど古くも新しくもない六階建てのワンルームマンションへ連れていった。

自分の部屋とはまったく違う他人の居住スペースは物珍しかった。興味津々にキョロキョロしていると、スーパーのレジ袋を抱えていた吉野がおもむろに言い出したのだ。よし、これからタコヤキを焼くぞ！

噂には聞いていたが、実際に家庭用のタコヤキ器を目にするのは初めてだった。

吉野は、先日友人たちと集まってタコヤキパーティーをしたそうだ。知り合いから借りたタコヤキ器を返す前に、もう一度焼いておこうと思ったという。一人で作るのもつまらないので、そこで呼び出されたのが圭一だったのだ。

初めてタコヤキを焼いたが、思いのほか難しかった。しかし、吉野は持ち前の器用さでくるりと綺麗に引っくり返してみせた。経験の差だと言われたが、彼だって前回が初めてだ。圭一は何度やっても上手くいかず、最後まで潰れて不細工なタコヤキを作り、吉野に大笑いされた。普段あまり食べないタコヤキは意外なほど美味しく感じられ、作業工程も含めてすべてが楽しかった。

——また、借りてくるから作ろうぜ。次はもうちょっとお前もマシになってるかもな。

唇に青海苔をつけて笑っている彼は無防備で無邪気で、そんな彼を見ていると圭一も嬉しくなった。

次はいつだろう？　吉野に声をかけてもらうのをひそかに待ち続けているのだけれど、なかなか次がやってこない。

圭一は電車を乗り換えて、更に東へ向かう。

人の名前を覚えるのは苦手だが、地図は得意だった。一度訪れた場所なら、何となく周辺の建物や道筋が頭に入っている。

一度だけ降りたことのある駅の改札を抜けて、キョロキョロと辺りを見回した。いくつか見覚えのある建物や看板を発見し、記憶を辿りながら迷いなく足を進める。

前回ここへ来た時はまだ明るかったせいか、陽が落ちた後だと同じ場所の景色も若干違って見えた。

駅を出たら大型ドラッグストア。その先は家電量販店。コンビニ、郵便局……信号を三つ越えて、四つ目を右に曲がる。少し歩くとスーパーが見えてくる。

記憶に狂いはない。住宅街に入ると、アパートやマンション、一戸建てが多く密集していたが迷うことはなかった。吉野と一緒に歩いた往来をその時の会話とともに思い出す。

「ここだ……！」

間もなくして、目的地へ無事到着した。

昼間は薄い灰色をした外装のマンションは、紺色の夜に埋もれるようにしてひっそりと建っていた。遠くに浮かぶ白い月が、ちょうど屋上の角に突き刺さっているように見える。

セキュリティ装置のない剥き出しのエントランスをくぐり、錆びたエレベーターは使わず脇の非常階段を上った。

吉野の部屋は三階だ。フロアの横一列に並ぶドアの右から二つ目。

濃い灰色のドアの前に立つ。

途端に、心臓が早鐘のように鳴り始めた。

手のひらに汗を掻いていた。身体が熱い。内側に熱がこもったように息苦しくて、何もしていないのに呼吸が乱れる。

駅からマンションまでの道のりではそんなことはなかったのに、一気に緊張が増した。ドア一枚隔てた向こう側に吉野がいると思うと、胸が苦しくなる。

気持ちを落ち着かせるために深呼吸をする。

心臓は相変わらず昂ったままで、時々焦点《しょうてん》がぶれて目の前がぼやけた。

胸元に押し当てた手のひらの下で、どくどくと血の流れる音を感じながら、圭一は覚悟を決める。

頬は熱いのに、ひんやりと氷のように冷たい人差し指でゆっくりとドアチャイムを鳴らす。

少し待ったが、中に響くチャイム音が消えても返事はなかった。

念のためにもう一度押してみる。しかし、結果は同じだった。

拍子抜けした。

詰めていた息を盛大に吐き出すと、緊張の糸が切れてしまったのか思わず頬が弛《ゆる》んだ。

膝が僅かに震えていることに気づく。こんなふうに本当に震えることがあるのだなと思いながら、両手で擦る。

「こんなとこで何してんだよ」

背後から声がしたのはその時だった。

すっかり耳に馴染んだ声に、圭一は肩を大仰に跳ね上げた。

弾かれたように振り返る。

「——吉野っ」

自分でも驚くほどに大きな声が出た。肺の中に溜まった空気の塊を声と一緒に勢いよく吐き出したかのようだった。

「声がでかい。近所迷惑だろうが」

吉野が慌てて距離を詰めてきて、流れるような手つきで圭一の頭をはたいた。

ぐわんと脳みそが揺れて、その痺れるような感覚に場違いにも喜びにも似た嬉しさが込み上げてくる。

昼間の冷たく手を払いのけられた時と違って、いつもの吉野のスキンシップだった。

胸に重たく伸し掛かっていた不安が少しやわらぐ。

「ご、ごめん。うるさくして。部屋にいなかったのに、急に現れたからびっくりして。今、帰ってきたのか？」

「……まあな」

ちらっと圭一を横目に見て、吉野が素っ気なく言った。

ふわっと何か人工的な匂いが吉野から漂ってきて、圭一の鼻腔をくすぐった。甘ったるい香り。香水だろうか。どちらにしても吉野自身の匂いではない。

今まで女性と会っていたのだろうか——考えて、なぜか胸がざわついた。そういえば、カフェにいた時も吉野には誰かから連絡が入っていたはずだ。その相手と会っていたのだろうか。胸のざわつきが酷くなり、本人に確かめたくなったが、寸前で思い止まった。

「お前は――まさか、あれからずっとここにいたわけじゃないよな？」

昼間と同じ恰好で、鞄も同じように肩に斜めに掛けている圭一を、吉野が不審そうに見やる。圭一はかぶりを振った。

「吉野と別れてから、一度家に帰ったんだ。でも、どうしても話したいことがあったから」

吉野が露骨《ろこつ》に嫌そうな顔をしてみせた。

「何を話すんだよ。やっぱり自分も彼女のことが好きでしたって？　今更そんなことを打ち明けられても、こっちだって困るんだけど。もう俺のことは気にしなくていいから、お前と雑賀が付き合うことになったっていうなら別にそれでいいんじゃね？　俺には関係ないし」

「――吉野っ」

ポケットから鍵を取り出した彼の手を、咄嗟に掴んだ。驚いたように振り返った吉野が面食らったように目を瞠る。筋肉の動きに合わせて、口の右下にある小さなほくろが戸惑うみたいに揺れた。

「……だから、いちいち大声出すなって言ってるだろ」

「ご、ごめん」

すぐに謝るが、掴んだ吉野の手は離さなかった。

「おい、離せ」

「嫌だ」

「は？　ふざけんな、離せ。もうお前帰れよ」

「帰らない。吉野に話があるんだ。さっきの話も、全然違う。吉野は活字を読まないくせに無駄に想像力が逞《たくま》しいから、勝手に一人で話を進めないでくれ」

「……お前、俺のことをバカにしてんのか？」

「？　何で俺が吉野をバカにするんだ。俺は、きちんと誤解を解きたいんだ」

「はあ？　離せよ……クソッ、ほそっこいくせに馬鹿力を出してんじゃねえよ」

吉野の腕にしがみつくようにして、圭一は食い下がる。

「聞いてくれ、吉野。俺は雑賀さんのことが好きだったわけじゃない。これは本当だから、信じてほしい」

「――――！」

必死に訴える圭一を、それまで鬱陶しそうにしていた吉野がじっと見つめてきた。

「俺が雑賀さんと付き合うわけない。彼女もそんなことは望んでないよ。ただ、偶然俺のことを見つけて、懐かしくて声をかけてきただけなんだから。大体、俺は吉野が彼女を見てたから、雑賀さんを他の女子と比べて気にするようになっただけで、そこに俺の気持ちはなかった。本当だ。信じてくれ」

「だったら何で、俺が雑賀にフラれる姿を見てお前は喜んでたんだ？」

問われて、圭一は一瞬押し黙ってしまう。

「それはだから……それをきちんと説明しようと思って、ここに来たんだ」

その時、エレベーターから人が降りてきた。若い女性がちらっと二人を不審そうな目で見てくる。

吉野が嘆息した。中途半端に差し込んだ鍵を押し込み、部屋を開ける。

「とりあえず入れ。こんなところで揉めてたら苦情が出るだろ。あと、痛いからもう離せ」

「あ、ごめん」

パッと手を離す。

くっきりと指の跡がついた手首を擦りながら、吉野がペンッと圭一の頭をはたいた。


吉野がマグカップのミネラルウォーターを一気飲みする様子を、圭一はフローリングに正座をして見守っていた。

「……お前も飲むか？　お茶を切らしてるから水しかないけど」

よほど物欲しそうに見えたのか、吉野が訊いてくる。

圭一は自分の喉が緊張の繰り返しでカラカラに渇き切っていることに気づいた。大きく頷くと、吉野が呆れたように息をついた。

「ほら」と、マグカップを手渡される。圭一はおずおずと受け取った。「ありがとう」

ローテーブルを挟んで向かい合う。

ミネラルウォーターで喉を潤し、一息ついてから、圭一は改めて話を切り出した。

「あの時、俺が吉野に雑賀さんにもう一度告白したらどうだって勧めたのは、実は下心があったんだ」

二杯目に口をつけていた吉野が、黙ってマグカップをテーブルの上に置いた。圭一もカップを置く。一旦収まった緊張がまたぶり返してくる。目の合った吉野が、視線で先を促してきた。

圭一は頷いて続けた。

「三年の二学期が終わる頃だったと思う。偶然、雑賀さんの友達が話しているのを聞いたんだ。雑賀さんに好きな人がいるって。具体的な名前が出たわけじゃないけど、彼女だって心変わりをすることはあるだろうし、一度告白されて断ったとしても、それをきっかけに吉野を好きになる可能性はゼロではないと思った。そう考えたら、雑賀さんの好きな人が誰なのか無性に気になってしまった。でも——……やっぱり、吉野じゃなかったんだ。その相手とは、同じクラスになったことがあるみたいな口ぶりだったから。吉野は雑賀さんとは一度も同じクラスになったことがないだろ？　だから、少なくとも吉野は違うって確信したんだ。その時、俺はちょっとホッとした」

「………」

「吉野がもう一度、雑賀さんに告白すればいいのにと思ったのは、その後だ。あの時は偉そうにもっともらしいことを言ったかもしれないけど、たぶんそれは、高校生活もこれで最後だから悔いが残らないようにとか、未練を残さないようにとか、吉野のためを思ってけしかけたわけじゃない。もちろん、俺は雑賀さんのことを好きだったわけじゃないよ。だけど、俺は俺のために、吉野が彼女にフラれて欲しかったんだ」

対面の吉野が困惑したように眉根を寄せた。

圭一はすぐに乾いてしまう口に急いで水を含ませる。鼓動が速い。食道を伝って落ちた水が即座にじゅっと沸騰《ふっとう》するみたいに、胃がカッカと熱を持っている気がする。一度深呼吸を挟み、唇を舐めてから、再び口を開いた。

「雑賀さんは吉野の告白を断る。そうしたら、吉野の頭に真っ先に浮かぶのは俺だと思った。彼女にフラれて傷心の吉野は、絶対に俺のことを頼ってくるとわかっていたから、それを利用したんだ。吉野の泣き顔を期待した。俺の前でだけ泣いてみせる吉野を慰めながら、優越感に浸ってたんだと思う。ざまあみろなんて笑ってたわけじゃない、嬉しかったんだ。吉野は俺にとって特別だったから。俺は、吉野を他の誰かにとられるのが嫌だったんだよ」

全部言えたと思った。これで吉野の誤解は解けただろうか。

しばしの沈黙が落ちた。

黙り込んでしまった吉野を、圭一は不審に思ってちらっと上目遣いに窺った。目を丸くしてこちらを凝視していた彼が、ハッと我に返ったみたいに瞬きをする。

カツッと吉野の指がマグカップに当たった。持ち手を引っ掛けるように掠めて、カップが倒れかける。咄嗟に圭一は手を伸ばす。焦った吉野が寸前で傾いたカップを引き戻した。

ほう、とどちらからともなく吐息が漏れる。

目が合い、バツの悪そうな顔をした吉野が「もしも」と前置きをして言った。

「先に雑賀がお前に告白してたら、お前はどうするつもりだったんだよ？」

問われて、圭一はしばし考える。もし、吉野の気持ちを知った上で、自分が雑賀に好きだと言われていたら――。

「……わからない。でも、少なくとも俺は彼女にそういう感情はまったく持っていなかったから、それをそのまま伝えていたかもしれない。だけど、もし俺がそうやって彼女の気持ちを断っていたら、雑賀さんは吉野のことを好きになっていたかもしれないいな」

「は？」

吉野が思わずといったふうに間の抜けた声を聞かせた。

「何を言ってんだ、お前」

「だって吉野は、本当は見た目とは全然違って、一途で照れ屋で面倒見がよくて優しいじゃないか。そういうところを雑賀さんが知ったら、きっと吉野のことを好きになっていた気がする。俺なんか、たまたま気紛れでやったことが、その時彼女が周囲に望んでいたこととたまたま一致しただけなんだよ。でも、もし吉野がその場にいたら、絶対に吉野は雑賀さんのことを気遣っていただろ？　親切にしただろうし、優しい言葉だってかけたと思う。そうすれば、雑賀さんが好きになっていたのは吉野だったんだ」

「…………」

「でも、もしそうなっていたら、俺は放課後に吉野と教室で出会ってなかっただろうし、今もこんなふうに一緒にいなかったんだよな。……そうか。それはちょっと――嫌だな」

圭一は吉野のいない人生を想像して、顔をしかめた。

「吉野にとっては、そっちの人生の方がきっとよかったんだろうけど」

「……そんな真剣な顔をして何を言い出すかと思えば。お前こそ、妄想逞しすぎねえか？」

吉野が呆れ返ったようにため息をついた。しきりに首筋を擦りながら、複雑そうな表情を浮かべている。何だか先ほどよりも頬が赤らんでいるように見えた。

短い沈黙が落ちる。

吉野がマグカップに口をつけた。圭一も倣《なら》って喉を湿らせる。なかなかこんなに一人で長く喋ることはないので、少し脈拍が上がっていた。喉がまたカラカラだ。

マグカップをテーブルに置いた吉野が、「なあ」と言った。

「何でお前は、俺を雑賀にとられたくないって思ったんだ？」

じっとこちらを見てくる彼と目を合わせ、圭一は落ち着かない気分で思考をめぐらせる。

「……たぶん、吉野が初めてまともにできた友達だったからかもしれない」

答えると、吉野が面食らったように瞬いた。

圭一は少し前の過去を思い出していた。

「吉野が嬉しそうに雑賀さんの話をしているのを、最初は興味本位で聞いていた。でもいつからかはわからないけど、だんだん彼女の話を聞くのが苦痛になってきたんだ。時々、わけのわからない不安まで込み上げてきて、嫌な気分になった。どうして一度は自分をフッた相手を、いつまでも想い続けることができるのか、不思議でならなかった。正直、吉野の諦めの悪いところに苛立ちを覚えたこともある。でも、本当はそんなことはどうでもよくて」

両手で包んだマグカップの透明な水面を見つめながら、少し躊躇った後に続けた。

「もしも、吉野が雑賀さんと付き合い始めたら、もう俺のことなんか構ってくれなくなるんじゃないかと思ったんだ。それがすごく嫌で――怖かったんだと思う」

吉野と出会う前と後とでは、圭一の中で何かが劇的に変化したことは自分でもよくわかっていた。学校に通うことを初めて楽しいと思えたし、その他にも自分が今まで感じたことのないような気持ちをいろいろと経験した。吉野から教えられたことは多く、圭一にとって彼はある種の憧《あこが》れのような対象でもあったのだ。

「吉野は、それまで何となく一緒にいたクラスメイトの誰とも違って、初めて一緒にいたいと思える相手だったんだ。そんな特別な友達に対する距離感がよくわからなくて、吉野が他の人と喋ってるのを見かけると、ちょっと嫌な気分にもなった。独り占めしたいなって思うこともあったんだ。でも、そういうところが俺はおかしいんだって、最近になって気がついた。反省している。きちんと直すから――吉野、俺のことを嫌いにならないで欲しいんだ」

再び沈黙が落ちた。圭一が吉野に伝えたかったことはこれで全部だ。吉野に嫌われてしまうことが、今の圭一にとって一番の恐怖だった。

「……何か、お前の話を聞いてるとさ」

ふいに吉野が言った。

「熱烈な愛の告白をされてるような気分になってくるんだけど」

「――え？」

圭一は俯けていた顔を上げた。

目の合った吉野がふっと眉尻を下げて笑う。

「お前、どんだけ俺のことが好きなんだよって話」

「…………」

「しっかし、惜しいな。お前が女だったら、俺は今ので完璧に堕《お》ちてた自信があるわ。すげえ妄信的な友情だよな。一歩間違えば狂気的な愛情になりそうだけど」

冗談めいた吉野の言葉を聞いて、ふと圭一の脳裏に何か閃光《せんこう》のようなものが走った。

「……そうか。俺は吉野のことが好きなのかもしれない」

「は？」

首を傾げた吉野に向けて、圭一はテーブルに身を乗り出しながら言った。

「俺、ずっと雑賀さんには嫉妬《しっと》していたんだと思う。それって、吉野のことが好きだったからじゃないかな？」

ぽかんとした吉野が、次の瞬間、思いっ切り首を横に振って返した。

「違う、違うぞ。それは全然違うだろ！」

「でも今、吉野も言ったじゃないか。友情と愛情は紙一重みたいな……」

「いやいやいや、お前が女だったらそういうこともあったかもなっていう、単なる譬《たと》え話だよ。マジに受け取るなよ、バカだなお前。何でもかんでも俺の言うことを間に受けるな」

珍しく焦った吉野が、「いいか、よく聞け」と圭一の両肩をぐっと掴んだ。

「お前のこれは友情だ。恋愛感情とごちゃまぜにすると大変なことになるぞ。気をつけろ」

「だけど……」

「あのな、お前にとって俺はさ、初めてまともにできた友達なんだろ? 今までお前が出会ってきた人たちの中で、唯一俺だけがそういうふうに思えたわけだ。普通は何人か友達がいて、その中で特に気の合うヤツらが親友になって、そうやって関係を築いていくもんだけど、お前は全部が俺一人に集中しちゃってるんだよ。比較対象がないからって、持て余した感情を全部俺にぶつけるのは間違いだ」

まるで子どもを諭《さと》すかのように言われた。

圭一は本当にそうなのだろうかと考える。何だか腑《ふ》に落ちない気もするが、しかし吉野がそうだと言うのだから、きっとそれが正しいのだろう。友達云々の話を持ち出されたら、自分に語れることはない。どう考えても吉野の方が交友関係も広く、コミュニケーション能力も高いので、説得力があるのはいわずもがなだ。そう自分に言い聞かせると、昂っていた気持ちが少し落ち着いた。

「そうか、俺は恋愛っていうものがよくわからないから。短絡的に考えすぎたんだな」

ブツブツと呟いていると、吉野がホッとしたように浮かしていた腰を座布団に下ろした。

「本当に何を言い出すかわかんないヤツだよな、お前は。極端すぎていっそ笑えるわ。でもまあ、そういうところがお前のいいところか。俺の周りには絶対にいないタイプだし、最初に興味を持ったのも、お前の思い込みの激しさが面白かったからだし」

くすくすと思い出し笑いをしてみせる。

「なあ、お前さ。本当に他に友達いないの？　大学でつるんでるヤツらは？」

唐突に訊かれて、圭一は首を傾げた。

「蛍川先輩には仲良くしてもらってる」

「ホタル先輩は三年だろ。そうじゃなくて、同学年は？」

圭一は返す言葉がなくて黙り込んだ。吉野がなぜか焦ったように言った。

「おい、マジか。一人でいることが多いとは聞いてたけど、本当に一人なのか？　高校の頃はクラスに何人かいただろ。移動教室とか、一緒に歩いてるとこ見たことがあるぞ。大学でもそういうヤツを作れよ」

「なかなか気の合いそうな人がいないんだ。でも、高校の頃よりも気がラクだよ。特に不自由してるわけでもないし」

正直に話したが、吉野はあまりいい顔をしなかった。ため息をついて、「ホタル先輩が心配するのもわかるな」と呟く。

「楽しいか、大学」

「講義は面白いものもあるけど、退屈なのも多いかな」

「いや、そういう話じゃなくて」

ああもう、と吉野が歯痒そうに頭を掻き毟った。きちんと整えた頭髪がぐしゃぐしゃになってしまう。

「楽しいといえば、最近は吉野と一緒にいることが多いから、高校時代に戻ったみたいで楽しいけど」

ぽつりと言うと、吉野が虚を衝かれたように目を丸くした。

「大学には吉野みたいな人はいないから」

「……いてたまるか」

ぼそっと吐き捨てるように言って、吉野がふいと窓に目を向ける。カーテンの隙間から真っ暗な外が見え、ガラスに反射した吉野の顔が映っていた。

頬杖をついた彼が聞こえよがしのため息をついた。

「まあ、友達って無理に作るもんじゃないしな。お前の性格なら尚更か」

どこか納得したような、呆れたような声だった。だが、目が合った吉野は気が抜けたように笑っていて、それを見た圭一は何だかホッとした。

よかった。どうやらもう吉野は怒っていないようだ。

気づくと、時計の針はあと少しで十時になろうかという時刻を差していた。

これからまた一時間かけて、電車を乗り継いで帰らなければいけない。明日も一限目から講義があるので、そろそろお暇《いとま》することにした。

「一人で駅まで戻れるか？」

玄関まで見送りに出てくれた吉野が揶揄うように言った。

「大丈夫だよ。ここまで一人で来たんだから。もう道順は覚えた」

「電車を乗り間違えるなよ」

「大丈夫だって。俺は方向音痴じゃない」

少しムッとすると、吉野がおかしそうにげらげらと笑った。

「なあ、圭一」

スニーカーを履いていると、ふいに背後から呼ばれた。

振り返る。笑みを引っ込めた吉野が僅かに躊躇するような間を挟んで、言った。

「あのさ、俺はもう雑賀のことはどうも思ってないから。卒業と同時にスッパリ終わった。今となっては、お前がけしかけてくれたおかげで完全に吹っ切れたし、よかったと思ってるよ。だから、もうお前も余計なことは考えるなよ」

圭一は靴脱ぎ場に立って吉野を見上げた。一段下がっているせいで、いつもよりも目線の位置が高い。

それと、と吉野が言葉を継いだ。

「お前がどう解釈したかは知らないけど、昼間俺が怒っていたのは、雑賀のこととは関係ない。もし、お前が雑賀のことが好きだったとして、それを俺に遠慮して自分の気持ちに嘘をついていたのかって思ったら、何だかお前に裏切られた気がしたんだ。何も気付かずにいた呑気な自分も情けなかったし。悪かったな。勝手に勘違いして、お前のことを置いて帰ったりしてさ」

「――！」

圭一は面食らった。急いで首を左右に振る。

「心配しなくても大丈夫だったよ。駅がすぐ目の前だったから、ちゃんと帰れたし」

「いや、そこは別に心配してたわけじゃ……」

吉野が口ごもり、なぜか突然プッと吹き出した。

「まあ、いっか。そういうところがお前らしくて」

「？」

首を傾げると、吉野が含み笑いを浮かべながらサンダルを引っ掛ける。ドアレバーを自ら掴んで玄関を開けた。

「ほら」と促されて、圭一は外に出る。

「お邪魔しました」

「あ、そうだ。圭一」

ドアを押さえたまま吉野が言った。

「あのさ、俺はお前のことを親友だと思ってるから。これからもお前との関係は変わらないよ。だから、余計な心配はするな。考えすぎるとまた眠れなくなるぞ」

にやにやと笑っている吉野を見つめて、圭一は戸惑いながら頷いた。

吉野と別れて非常階段を下りる。心臓がドキドキしていた。

親友――その言葉を反芻《はんすう》して、俄《にわか》に悦びが込み上げてくる。足がふわふわと軽くなり、背中に羽が生えて、階段を一気に飛び下りてしまえそうな気分だった。

高校の頃には言ってもらえなかったそれは、無性に照れ臭い響きを持って、圭一の心を柔らかい羽毛のようにくすぐってくる。蛍川を介して聞かされた時よりも、吉野本人の口から発せられた言葉の威力は何倍も凄かった。

親友という立ち位置は、友達よりも格上だ。圭一が吉野を特別に思うように、吉野にとっても圭一は特別なのだろうか。——そうだったら、本当に嬉しい。

日付が変わる前に無事アパートに辿り着いた圭一は、その夜、ぐっすりと眠りについた。

▼5▲

六月に入り、町の景色も夏の薫《かお》りを漂わせ始める。

徐々に緑が濃さを増し、空も低くなってきた。梅雨入りはまだ先のようだが、日中の気温はすでに真夏日を記録している。

アルバイト先の自然食品店の店長が、「今日は暑かったね」と、穀物クッキーの在庫を調べながら言った。

彼女は早々とタンクトップを着ていて、段ボールを積みながら額に浮かんだ汗を拭っている。掃除をしていた圭一も、いつの間にか長袖シャツの袖を捲り上げていて、確かに暑かったなと思った。

最近、吉野と会っていない。

お互いアルバイトをしているのでシフトが合わないのが主な理由だが、頻繁にやり取りしていたメールがこの頃少し減ったような気がする。吉野からはバイトのシフトを増やしたと聞いていた。更にレポート提出の期限が迫っていたり、他の予定が入っていたりと、彼は圭一と違って忙しい。このままどんどん連絡が減っていき、いつの間にか疎遠になってしまうのではないか――嫌な未来を想像して少し不安になる。

いやでも、自分たちは親友なのだから。圭一は沈んだ思考を散らすように頭を振った。圭一と吉野を繋ぐ関係は、そんな簡単に切れてしまうようなもろい友情ではない。

吉野は今度の日曜も忙しいのだろうか。

電話をして予定を訊いてみようかと考える。久しぶりに遊びに来ないかと圭一から誘ってみるのは変だろうか？

バイトを終えて、そんなことをつらつら思いながら帰路に就《つ》いた時だった。滅多に鳴らない携帯電話が着信を知らせる。

液晶画面を確認すると、吉野の名前が表示されていた。

慌てて電話に出た。

「も、もしもし？」

突然だったので、びっくりして声が少々上擦《うわず》ってしまう。正に今、電話をかけようかどうか悩んでいたところだったので、まさか吉野の方からかかってくるとは思わなかった。

『圭一？　今度の日曜、何か予定ある？　暇なら遊ばないか』

久しぶりに聞いた吉野の声に内心舞い上がりながら、話の内容に驚いた。もしかして自分と吉野は思考回路が繋がっているのではないかと思ってしまう。

「予定は全然ない。暇だよ」

『そっか、よかった。じゃあ、決まりだな』

「遊びに行くって、どこに？」

『遊園地。バイト先の店長に無料チケットをもらったんだ。そうだな、待ち合わせの時間と場所だけど――』

「あ、ちょっと待って。今、メモするから」

圭一は慌てて鞄からプリントを取り出す。今日の講義で配られた物だった。ボールペンの尻をノックして、余白に吉野が指示した待ち合わせ場所と時間を急いで書き留めた。

『じゃあ、また日曜な』

吉野からの電話は要件だけを伝えてすぐに切れてしまった。カラオケ店のバイト中だったようだ。

通話を終えた後も、圭一はしばらくの間ぼんやりと真っ暗な液晶画面を眺めていた。

「……遊園地か」

そこはどういう場所だっただろうか。家族と行ったのはもう十年以上前の話だ。中学の修学旅行の予定表に組み込まれていたが、あまり記憶に残っていない。

吉野と一緒に遊園地――ふいに、浮き足立つような気分になった。

別に場所はどこでもいい。吉野と久々に会えると思うだけでわくわくする。

手元の携帯電話が再び震動した。

今度は電話ではなくメールを受信する。吉野からだ。

先ほど聞いた待ち合わせの時間と場所を改めて文字にして送ってくれたのだった。

メールの最後に、『たまには歌いに来い』と一言添えてあった。

圭一はカラオケ店に行ったことがない。音楽を聴かないので、最近の流行りの曲もアーティストもさっぱりわからなかった。そのことを吉野に話したところ、「それってすごくね？生きた化石だろ」と、大笑いされたのだ。

吉野の笑った顔を思い出して、圭一はわけもなく嬉しくなった。

彼が笑えば、圭一も嬉しい。

後ろめたい過去をすべて明かしてしまったので、もう恐れることは何もない。

夜空にぽっかりと浮かんだ黄色い月を見上げて、少し前に吉野と食べたデリバリーピザを思い出した。早く日曜にならないかなと思う。

吉野と会える日曜日が待ち遠しい。


約束の日曜日。

朝目覚めてすぐにカーテンを開けると、青い空が広がっていた。快晴だ。

少し早めにアパートを出て、待ち合わせ場所にいそいそと向かう。すでに到着していた吉野の姿を見つけた。

逸《はや》る気持ちを抑えながら、圭一は駆け寄る。

吉野が気づいて「よう」と軽く手を上げてみせた。

圭一も思わず手を上げて応えようとして、寸前で動きを止めた。

「あっ、来た？」

「来た来た。ケーイチくんだ」

吉野の後ろから、ぴょんと首を突き出し、二人の女性が圭一を見ていたからだ。驚いて、圭一は一旦その場に立ち止まる。

「何やってんだよ。早く来いって」

何でもないような顔で吉野が手招きした。

どういうことだろう。圭一は疑問に思いながらも、呼ばれるままに歩を進める。先ほどまでの軽やかさが嘘のように、両足が重たく感じた。

「男同士で遊園地に行くのもなんだし、こっちも店長からペアチケットを貰ったからさ。どうせなら一緒に行こうってことになったんだよ」

吉野が説明して、彼女たちを圭一に紹介した。

二人のうち高槻《たかつき》という子と吉野は同じカラオケ店でアルバイトをしているそうだ。遊園地の一日パスポートはそこの店長から貰ったという。アルバイト店員が立て続けに辞めたせいで、二人に急なシフト変更を頼んだ礼だと聞いた。

もう一人の子は木下《きのした》といった。吉野も含めて三人とも学部は違うが同じ大学の二年生だ。

圭一はそわそわと落ち着かない気分になる。すでに満員の輪の中に無理やり押し込まれたような、そんな居心地の悪さだ。

「久しぶりだよね、圭一くん。私のこと覚えてない？」

唐突に女の子の一人に訊かれて、圭一は面食らった。すでに二人のどちらがどっちだったかもあやふやで混乱している。必死に記憶を探り、奇跡的に彼女が木下という名前だったことを思い出した。

木下は癖のない長い黒髪に、すっと綺麗な一重の目元が印象的なかわいい子だ。反対に高槻は肩につかない程度の栗色の髪をしていて、二人を見分けるポイントになる。

圭一は戸惑う。

木下の顔を間近で見てもまったくピンとこないからだ。

だが、覚えてないかと訊かれるぐらいだから、以前にどこかで会っているのだろう。

返事に窮《きゅう》していると、木下がおかしそうに笑った。

「そんなに困らせるつもりはなかったんだけどな。四月に『ナイン』の新歓コンパがあったでしょ？　あの場に私もいたんだよ。途中から圭一くんの隣に座ってたんだけど、全然思い出せない？」

「――あ」

言われて、そうかと思い出した。あの時、吉野にくっついて移動してきた女子が数人。座敷の隅っこで置き物のように座っていた圭一をいきなり取り囲んできたのだった。

その中に木下もいたのだ。しかし申し訳ないことに、圭一はあの場にいた女の子の顔を誰一人として覚えていなかった。

「……すみません。全然記憶がなくて」

「ウーロン茶しか飲んでなかったのに？」

木下がおかしそうに笑った。

圭一はたじたじになって「ごめんなさい」と謝る。

「別にいいよ、そんなに謝らないで。今日はちゃんと覚えて帰ってね」

にっこりと微笑まれて、圭一は戸惑いつつも頷いて返した。

電車に乗り、遊園地に向かう。

吉野の隣にはずっと高槻がいて、圭一の横には木下がいた。

彼女が気を利かせていろいろと話しかけてくれるものの、緊張する圭一は相槌を打つので精一杯だ。初対面の女の子からこんなふうに急に距離を詰められる経験がなく、どう接していいのかわからなかった。

困ってチラッと吉野を見る。だが吉野は高槻との会話に夢中で、こちらを向いてもくれない。

そういえばとふと思い出す。吉野は最初から圭一と「二人きり」だとは一言も言わなかったなと、その時に初めて気が付いた。

駅に到着すると、もう目の前に遊園地のアトラクションが見えていた。

「うわあ、結構混んでるね」

ゲートをくぐった先は、人でごった返していた。

休日だからか親子連れが多い。圭一たちと同世代のグループもたくさんいて、ごみごみとした人の流れを眺めているだけで疲れそうだ。

すぐ傍を物凄い轟音《ごうおん》とスピードでジェットコースターが駆け抜けていった。

いくつもの甲高い悲鳴が尾を引き、楽しそうな声の残骸が耳に残る。

吉野が先頭に立って、人気のある絶叫系アトラクションを立て続けに回った。

「どうだった？　初めて乗ったジェットコースターの感想は」

「……うん、ここから見るのと実際乗るのとでは全然違う。あんなにスピードが出ているとは思わなかった」

「お前の叫び声、聞こえてたぞ」

吉野に揶揄われて、圭一は恥ずかしくなる。ぶつぶつと言い訳をする圭一を吉野はおかしそうに笑っていた。

何十メートルもある高低差を上ったり下りたりの繰り返しで、さすがに三半規管がびっくりしているのか少々足元が覚束ない。風の塊に全身でぶつかっていくかのように上空を駆け抜ける爽快感は楽しかったが、地上に降りた途端、どうにも平らなはずの足元が傾いているようで戸惑った。

バランスを取るために少し首を傾けて歩いていると、目の前を歩く吉野と高槻が何やら言い合う様子が見て取れた。じゃれ合うように高槻が吉野の腕を叩く。吉野も楽しそうに笑っている。

いつの間にか、吉野と高槻、圭一と木下の二組に自然と分かれてしまっていた。おどおどする圭一に、木下は気を遣ってよく話しかけてくれた。彼女のおかげでこの雰囲気にも少しずつ馴染んできたように思う。いい人だ。

「あの二人、お似合いだよね」

ふいに隣を歩いていた木下が言った。

「本人たちは付き合ってないって言ってるけど、それも時間の問題って感じ」

圭一は思わず木下を見て、ハッと吉野と高槻に視線を戻す。二人はどこかを指差して話しながら声を上げて笑っていた。

彼らの楽しげな様子が目に入った途端、なぜか胸に引き攣れるような痛みが走った。

圭一は咄嗟に胸元を押さえる。ざわざわと嫌なふうに胸が騒ぎ立て始める。

確かに、三人と合流した時から、吉野と高槻のことは少し気になっていた。吉野もスキンシップが多い方だけれど、高槻も何かと吉野に触れる回数が多いように感じたからだ。

女の子の友達がいない圭一には、それが普通なのかどうかの基準がよくわからない。友情と恋情の境目をどこで見分けていいのかもわからなかった。

吉野は高槻のことが好きなのだろうか？

彼女の外見だけ見ると、雑賀とはあまり似ていない。性格はどうなのだろう？

――だってしょうがないだろ。本気で好きだって思える相手がいないんだから。

吉野の言葉が脳裏に蘇る。圭一の目の前では、二人がどことなく親密げな素振りで肩を並べて歩いている。笑っている吉野の横顔はとても楽しそうだ。もしかしてこれは、彼に本気で好きだと思える相手が見つかったんじゃないか――？

思わずぐっと拳《こぶし》を握り締めた。手の腹に爪が食い込み、鋭い痛みで我に返る。

ざわつく胸の高鳴りになぜか不安を掻き立てられる。

次に吉野が誰かに恋をしたら、今度こそ圭一は心の底から喜んで応援しようと思っていた。

ついにその時がきたのかもしれない。

「……っ」

しかし圭一の心はずっとざわついたままで、なかなか吉野の変化を素直に受け入れることができずにいた。


少し休憩をしようと、圭一と吉野は女性陣をベンチに残して飲み物を買いに行った。

「——で、どうだ?」

いきなりそんなふうに訊かれて、圭一は思わず聞き流しそうになった。

すぐ傍を遊園地のマスコットキャラクターがよたよたと歩いている。若い女の子の集団がペンギンっぽいそれを囲んで写真を撮っていた。

「おい、どこを見てるんだよ。無視すんな」

軽く後頭部をはたかれて、ハッと視線を元に戻した。吉野が怪訝そうに圭一を見ている。

「ごめん、何の話だっけ?」

「だから、木下のことだよ」

そうだっただろうか？　圭一は内心で首を捻る。ここまで二人で歩きながら話したことといえば、アトラクションの感想ぐらいだ。彼女の話題がいつ出たのだろう。

いま一つ反応が鈍い圭一に、吉野はじれったそうに続けた。

「木下のこと、どう思う？」

「え？　どうって？」

吉野の質問の意図がわからない。

「だからこう、何かあるだろ。見た目だったら、かわいいとか好みのタイプだとか。お前だってあの子とずっと喋ってたんだから、ちょっとは彼女のことがわかってきただろ？　話が合うとか一緒にいて楽しいとかさ」

吉野に詰め寄られて、圭一は思わずたじろいだ。

「えっと……いい人だと思う」

ほぼ初対面の女子とこれだけ話したのは、圭一の人生では初めてのことだった。気の利いた話もできずつまらない自分相手にも、彼女は親切にしてくれる優しい人という印象だ。

「他には？」

「あとは……かわいいと思う」

これは圭一に限らず一般的な意見だろう。木下も高瀬もどちらともが、カテゴリー分けをしたらかわいい部類に入るのだろうなと思った。その点においては、圭一も普通の美的感覚を持っているはずだ。特に個性的な女性に惹《ひ》かれるという経験は今のところなかった。

「だろ？　大学でも結構人気があるんだよ。清楚系だけど、お嬢様っていうんじゃなくて話しやすいし。性格もきついところはないから癒やし系だぞ」

吉野がなぜか自慢げに言った。

「実はさ、圭一にもう一度会ってみたいって言い出したのは、木下なんだよ」

「え？」

圭一は思わず吉野を見た。

「四月の新歓コンパで一度会っただろ。あの時から、お前のことをちょっと気になってたんだってさ。びっくりじゃね？」

パンッといきなり背中を叩かれて、圭一は目をぱちぱちと瞬かせた。吉野がにやにやと笑って言う。

「ボケッとしてるけど、これは凄いことなんだぞ！」

「……木下さんが、何で俺に？」

まったく理解ができなかった。圭一はあの日、ただ黙って座敷の隅っこでオブジェ同然に固まり、時間が経つまでじっとやり過ごしていただけだ。そんな相手にどうしてもう一度会ってみたいと思えるのか不思議でならない。

自分の何が木下の興味を引いたのだろうか？　わけがわからなすぎて、いっそ不信感すら湧いてくる。

腑に落ちない気分でいると、吉野がぽんと肩に手を乗せてきた。

「そんな難しく考えるなよ。気に入ったって言ってくれてるんだから、素直に喜べばいいだろ。考えたんだけどさ、お前の場合は男友達を作る方が難しい気がするんだよな。俺の知り合いとは絶対に気が合わないだろうし。お前も嫌だろうから。でも、女友達なら俺から紹介してもいいのかなと思ってさ」

圭一はやはり彼の思考がいま一つ理解できず、じっと吉野を見つめる。

「誰かいないかなと思ってたら、木下が急にお前のことを訊いてきたからさ。せっかくだから会ってみなきゃもったいないだろ。俺が思うにお前はさ、ただ何となく面倒なだけで別に他人に無関心ってわけじゃないんだから。この機会にもっと視野を広げてみろよ」

「別に、そんなことしなくても……」

「あまり深く考える必要はないんだよ。今は友達が一人増えたって思えばいいじゃないか。それから先はなるようになるって。案外、上手くいくかもしれないぞ。本当に木下はいい子だから。空気読めるし、優しいし。な、まずはちゃんと連絡先を交換しろよ。頑張れ」

何の励ましなのかわからず、圭一は戸惑うばかりだった。ぽんぽんと肩を叩いて、吉野が先に売店へ入っていく。

四人分のドリンクと簡単に摘めるフードを買い込み、吉野と手分けして運んだ。

ベンチに座って楽しそうに喋っていた二人が手を振ってくる。大荷物の圭一たちのもとへ小走りで寄ってきて、「ありがとう。私たちも持つよ」と気を利かせてくれた。

「ごめんね、こんなにいっぱい持たせちゃって」

木下が圭一の手からフランクフルトのパックを引き取った。

「ありがとう、木下さん」

礼を言うと、彼女がハッとしたように目線を上げた。途端にふわっと顔を綻《ほころ》ばせる。涼しげな一重の目を細めて、柔らかそうな唇を三日月型に引き上げてみせた。

圭一は彼女の笑顔を目に映して、かわいらしい人だなとだけ思った。


無料パスポートで思う存分園内を満喫し、閉園時間ぎりぎりまでねばってゲートを出た。お土産をしっかり買い込んだ女子二人の荷物を半分持って駅へ向かう。帰りはなぜか男同士、女同士に分かれて歩いた。

前方を楽しげに笑いながら歩く彼女たちは、それぞれ手にゲームコーナーのクレーンゲームで吉野が釣り上げたぬいぐるみを抱いている。

圭一も初めて挑戦してみたが、コインを無駄に消費しただけだった。吉野は手馴れた様子で少ないコインで確実にぬいぐるみを釣り上げてみせて、他の三人の称賛を浴びていた。ぬいぐるみがちょうど三つになり、木下と高槻となぜか圭一で分けることになった。圭一の鞄の中には、一番小さいサイズのやる気のなさそうなピンクのブタが入っている。

行きに待ち合わせた駅まで戻り、そこからは各々の路線に別れた。まだ遊園地の余韻を引き摺っているのか、名残惜しそうに手を振って彼女たちは帰っていった。

吉野も別のホームのはずだが、なぜか圭一の隣に立っている。

「吉野、こっちじゃないだろ」

「んー、さっきバイト先の先輩からメールが来てさ。今飲んでるから、お前も顔出せって言われたんだよ」

面倒臭そうに言って、疲れたようなため息をつく。

「ダルいなあ」

「断ればよかったじゃないか」

「そうできない事情があるの。あの人の機嫌を損ねたら余計に面倒だし。まあ、家で寝てるところを呼び出されるよりはマシかな。ここからだったら二十分くらいで着くし」

間もなくして電車がホームに滑り込んでくる。

吐き出される人の流れが途切れるのを待って乗り込むと、運良く座席が空いていた。

二人並んで腰掛ける。

「……眠い。ちょっと寝るわ。着いたら起こして」

圭一に駅名を伝えて、吉野は腕を組みながら陽が沈んだ後の向日葵《ひまわり》のように頭を落とす。

しかし電車が動き出すと、ふと思い出したように顔を上げた。

「——そういやさ。お前、木下とどうなったの?」

それだけが気がかりだとでもいうように訊かれて、圭一は彼女とのことを正直に話した。

「今度、遊びに行こうって言われた。訊かれたから、携帯番号はきちんと教えたよ」

吉野にそうしろと言われていたので、連絡先だけは忘れずに交換したのだ。

「具体的なことはまだ決まってないけど、また連絡するって」

圭一の言葉に、吉野が眠たそうに閉じかけていた半眼を微かに瞬かせた。

「ふうん、よかったじゃん。頑張れよ」

いまだに頑張れよの意味をどう解釈していいのかわからず、圭一は一瞬押し黙る。だがすぐに頷いて返した。

「うん」

「……えらく前向きだな。いいんじゃね」

小さく笑う気配がして、それきり吉野は黙り込んでしまった。

寝たのだろうか。

横目に様子を窺ってみるも、この位置からは張りのある頭髪と首筋しか見えない。

健康的に日に焼けたうなじと陽射しで少し赤らんだ自分の白い腕を見比べて、何が違うのかなと不思議に思う。半袖から伸びる腕組みをした筋肉質の腕に少し憧れる。

あっという間に一つ目の駅に到着するアナウンスが車内に流れた。

▼6▲

「ねえ、圭一くん。私たち、付き合おっか」

何気ない会話の途中でいきなりそんなことを言われたのは、木下と二人で出かけた三回目のことだった。

「……え？」

さすがの圭一も、『付き合う』の意味合いを取り違えることはしなかった。これは要するに恋人同士になりませんかという彼女からの提案だ。

圭一は返事を躊躇う。急に言われたので、何も心の準備ができていない。付き合うといってもどうしていいのかすらわからない。イメージが何も湧かないのだ。

おろおろとする圭一の脳裏に、その時真っ先に浮かんだのは、吉野の顔だった。

――あまり深く考える必要はないんだよ。今は友達が一人増えたって思えばいいじゃないか。それから先はなるようになるって。案外、上手くいくかもしれないぞ。

吉野の言葉を信じて、木下に誘われるまま何度か会ってみた。

彼女は緊張してぎこちない態度の圭一に気を遣ってくれて、一生懸命に会話を盛り上げてくれるし、何かにつけて優しい。吉野が彼女のことを褒めていたのも納得がいった。

だからだろう。そんな誰からも好かれるだろう彼女が、どうして圭一のようなつまらない男に興味を示すのかがわからない。

「圭一くんって、何だか放っておけないんだよね」と、木下は照れたように笑って言った。

「危なっかしいっていうか。でも、時々妙に鋭いところもあって、ぼんやりしているようで案外周りのことをよく見ているし。この前も、おばあさんがお店で注文の仕方がわからなくて困ってるのを見て、圭一くん、さりげなく自分が最初に手本をしてみせたでしょ？　不器用っぽいけど、そういうとこがいいな、ああ好きだなって思って」

はにかむように微笑んだ彼女を、その時の圭一はかわいいなと思ったのだ。それに、自分のことを好きだと言ってくれる相手はもう他に現れないかもしれない。これが吉野の言っていた、「なるようになる」ということだろうか。吉野はこうなることを予想していたのだろうか。圭一の答えとしては、どうするのがベストなのだろう。

ふと、吉野と高槻のことを思い出した。

あの二人はどうなっているのだろうか。

最近はまた吉野との連絡が途絶えてしまい、その代わりに木下とのやりとりが増えた。圭一と木下のように、吉野と高槻も頻繁に連絡を取り合っているのだろうか。彼らはアルバイト先も同じだから、顔を合わせる機会も多いはずだ。もしかしたら、圭一の知らない間に、二人は遊園地に行った時よりも更に親密になっているかもしれない。

――お前さ、人を好きになったことないだろ。

高校の頃に吉野からぶつけられた言葉を思い出す。

あの時は特にどうとも思わなかったセリフが、今はどうしてだか胸に痛かった。

圭一はその人を想って泣けるほど誰かを好きになったことがない。

遠目に姿を見るだけで幸せで、前からその人が歩いてきただけで心臓がはちきれそうで、擦れ違うと飛び上がるほどに嬉しい。——全部、吉野から聞いた話だ。

恋をしている吉野を一番近くで見てきたはずなのに、その感動を彼と共有できないことが圭一の当時の不満でもあった。

つい先日も、恋愛と友情の区別がつかず、吉野に頭を抱えさせたばかりだ。

高校を卒業して一年以上も経つのに、自分がまったく成長していないことを思い知らされる。それもそのはずで、大学生になり、煩《わずら》わしいとばかりに人とのかかわりを拒んでいるのだから、人として成長できるはずもなかった。

だがいざという時、恋愛の一つくらいは経験しておかないと、吉野の相談にも乗ることができなくなる。高校の時のように曖昧《あいまい》に受け流すようでは、親友として申し訳ない。

その日の夜、圭一は思い切って吉野に電話をかけた。

先月までは週に三、四日の割合で圭一の家に遊びに来ていたのに、今月に入ってからというものまだ一度も顔を見せていない。

大方、バイトやレポートが立て込んでいるのだろう。

自由気ままな彼のことだ。そのうち不意打ちのようにひょっこりと現れるかもしれないと考えて、毎日床の掃除は欠かさなかった。吉野はよく畳の上に寝そべるからだ。

埃《ほこり》一つ落ちていない畳の上に正座して、圭一は緊張気味に携帯電話を耳に押し当てた。数回の呼び出し音が鳴った後、「はい」と低い声が返ってくる。

吉野だ――圭一は我知らず胸を弾ませた。

「もしもし、吉野？　俺、圭一だけど」

『おう、久しぶりだな』

耳慣れた声が鼓膜を震わせ、思わず頬を弛ませた。

「今、話しても大丈夫かな。あの、報告しておきたいことがあって」

『何だよ、改まって。これから出かけるところだけど、ちょっとならいいぞ。どうした？』

「あのさ、俺、実は――」

木下と付き合うことになったと報告した。

一瞬、回線の向こう側で沈黙が落ちる。少し間があって、素っ気ない声が返ってきた。

『…ふうん、そっか。よかったな』

圭一は戸惑った。

予想外の反応に、あれ？　と内心で首を捻る。

吉野は圭一と木下との交際を望んでいたようだったから、もっと喜んでくれるかと思っていたのだ。それがあまりにも淡々としていて、拍子抜けしてしまう。

『話ってそれだけか？　だったらまあ、頑張れよ。あー、俺もう行かないと。それじゃ、切るぞ』

「あっ、待って！」

圭一は慌てて叫んだ。

『何だよ？』

「あの、今度、吉野の家に遊びに行ってもいいかな。いろいろと……その、相談したいことがあるんだ」

『……別にいいけど』

再び短い沈黙が落ちた。

「いいのか！」

『あーもー、うるせえな。お前、電話越しに大声出すなよ。耳がキンキンするだろ』

「ご、ごめん。つい嬉しくなって、テンションが上がってしまった」

『……お前、本当にずれてんな。まあいいや。来る時は連絡しろよ。急に来て、ドアの前で待たれてたら怖いから』

「わかった」

『じゃあな』と、吉野が通話を終わらせた。

液晶画面を眺めながら、圭一はほうと肺の中の空気が空っぽになるまで吐き出す。

そうだ、とキーを押して通話履歴を呼び出した。

一番上に吉野の名前が上がっているのを確認する。それだけで何か温かいもので心が満たされたかのように、ほっとした。

木下と付き合い始めてから三週間が経った。

木下はかわいい。

手入れの行き届いた真っ直ぐな黒髪を、最近は一つにまとめてうなじを晒している。それまで長い髪に覆われていた首筋が驚くほど白くて、陽光に照らされた産毛《うぶげ》がきらきらと輝いているのも綺麗だなと思った。

梅雨時期は圭一の癖毛も大変だ。湿気を吸ってもふっと膨らんだ髪を見て、木下は「かわいい、黒犬みたい！」と喜んでくれていた。

だんだんと薄着になり、木下の服装は白を基準としたコーディネートが増えた。圭一はまったく洋服に興味がないが、彼女は流行に敏感だ。待ち合わせ場所には彼女お気に入りのカフェを指定されて、圭一はいつも気後れしながら店に入るのだが、決まって木下は先に来ていてファッション雑誌を捲っていた。

木下はよく笑う。口角をきゅっと上げて本当に楽しそうにしてみせるその笑い方も、とてもかわいらしいと思う。

せかせかとうるさくない、ほんわかした喋り方も気に入っていた。

たまに圭一は会話の最中にぼんやりしてしまうことがある。そういう時には、木下が「こら、今全然違うこと考えてたでしょ」と、笑いながら叱ってくれて、圭一もそれが嫌じゃなかった。女の子との会話に最初はどう返していいのかわからず、しどろもどろになることもしょっちゅうだったが、最近は黙り込んで会話を中断させる回数も減ってきた。

木下はよく気が付き、圭一のとりとめのない話にも熱心に耳を傾けて絶妙な相槌を打ってくれる。話し上手で聞き上手。人を心地好くさせる雰囲気作りがとても上手い。

だから余計に圭一は考えるのだ。

何のとりえもない自分と一緒にいて、果たして彼女は本当に楽しいのだろうかと。

「——知るかよバカ、そんなことは直接本人に訊け！」

辛抱強く話を聞いていた吉野が、ついに我満の限界がきたように怒鳴った。「アホらし」と吐き捨てて、ごろんとラグの上に寝転んでしまう。

「吉野、まだ話は終わってない……」

「はあ？　ふざけんなよ！　口を開けば木下、木下。アホの一つ覚えみたいに連呼しやがって。このバカ犬、さっさと飼い主のところへ帰れ。かわいいご主人様と思う存分イチャイチャしてこいよ」

放り投げてあった漫画雑誌を引き寄せて枕にすると、吉野は背を向けてしまった。

「イチャイチャなんかしないよ。木下に訊いても、楽しいって答えしか返ってこないんだ」

「……だったらそうなんだろ。何が不満なんだよ。相手が楽しいって言ってるんだから、悩むことないだろ。お前が一人で考え込んで勝手に話をややこしくしてるだけじゃねえか。木下のことを信用しろよ」

「でも……」

　圭一は納得がいかない思いで首を捻る。

「あのな、毎回毎回、相談があるってうちに来ては、ノロケ話を聞かされる俺の身にもなってみろ。このバカップルどもが。あー、マジでムカつく早く帰れ」

　苛々と言いながら、テーブルの向こう側から吉野の手がしっしっと犬を追い払うような仕草をして寄越す。

「この前の吉野は、木下さんと上手くいってよかったなって、喜んでくれたじゃないか。その前だって吉野が頑張れって言ってくれたから、俺も吉野を見習って少しずつ交友関係を広げてみようと思って、だから……」

　吉野は全然振り向いてくれない。圭一はしゅんと項垂れた。

「何で今日はそんなに機嫌が悪いんだ？　何か、いつにもましてイライラしてる」

「……知るかよ。お前がしつこいからだろ」

　背中を向けたまま言われて、圭一は狼狽した。そんなにしつこい話し方をしただろうか。

「ごめん。俺、何か吉野の癇に障るようなことを言ったか？　気づかなかった、ごめん」

「…………」

　吉野の背中を見つめて、不安が込み上げてくる。どうしたらいいのだろう。

「あ、そうだ」

圭一は思い出して言った。

「吉野、俺さっきシュークリームを買ってきたんだった。吉野が好きだって言ってたお店のヤツ。ドライアイスをいっぱい入れてもらったから、まだ冷たいと思う」

荷物と一緒に部屋の脇に寄せておいたケーキボックスを慌ててテーブルの上に置いた。

「なあ、吉野」

「……………」

「シュークリーム」

「……………」

「一緒に食べよう？」

「…………仕方ねえな」

はあとため息をついて、吉野がむくっと起き上がった。

「シュークリームに罪はないからな」

それは圭一には罪があるということだろうか。何が悪かったのか頭の中で懸命に自分の言葉を思い返しながら、いそいそと箱を開ける。ドライアイスの冷気がすうっと辺りに拡散した。シュークリームを一つ手に取り、先に吉野に渡す。

生クリームとカスタードクリームがたっぷり詰まったそれを前にして、吉野の仏頂面がふっと弛んだ。

吉野は本人も自己分析をしていたように、案外単純な性格をしていると思う。

けれど彼のそういうところが、圭一にはとても魅力的に映った。自分はシュークリーム一つであんなに幸せそうな顔はできない。きっと吉野は、何気ない日常の中にも自分なりの喜びを見つけることが上手いのだろう。そして、それを見つけた時は素直に喜ぶ。

美味そうにシュークリームにかぶりついている吉野を見て、圭一も嬉しくなる。

あっという間に一つ食べ終えた吉野は、麦茶を二人分注ぎながら言った。

「ご馳走《ちそう》になっておいて何だけどさ。せっかくの日曜だっていうのに、うちに来る暇があったら木下とデートでもしろよ。外を見てみろ、快晴だぞ。デート日和《びより》だ」

開け広げた窓へ、吉野が顎をしゃくってみせる。外は真っ青な空が広がっていた。

「でも今日は、吉野に会うって一週間前から決めてたから。雨でも晴れでも関係ない」

圭一はきっぱりと答えた。

吉野が複雑そうに端整な顔を歪める。

「……それがもう間違いだって言ってるんだよ。木下から何の連絡もないのか？　いい天気だし遊びに行こうよ——とか」

思わずびくっと、圭一はシュークリームを持っていた手を震わせた。

「どうしてわかったんだ？」

訊き返すと、吉野がぽかんとした顔でこちらを見ていた。呆れたようなため息をつく。

「お前なあ、そんなことばっかりしてるとあっという間にフラれるぞ？　ここで呑気にシュークリーム食ってる場合じゃないだろ」

「でも、吉野との約束の方が先だったから。先週から今日はここに来る予定だったんだ」

「そんなのは電話一本でこっちは解決だろ。相談って言いながら、結局大した話じゃなかったんだし。木下を優先しなきゃダメだろ。お前の彼女なんだぞ」

諭すように言われて、圭一は押し黙った。

親友よりも彼女を優先するのが普通の思考なのだろうか。吉野も、もし高槻と付き合いだしたら、やはり彼女を優先して圭一は二の次になってしまうのかもしれない。

胸がまたざわざわと不穏に揺らめき始める。

高校の頃もこの不安が原因で雑賀に嫉妬してしまったのだ。当時の二の舞になるのは絶対に避けなければならなかった。

吉野が困ったように嘆息した。

「お前は本当に変わってるよな。普通はさ、付き合い始めの頃って、毎日でも会いたくなるもんじゃゃないの？」

「吉野はそうなのか？」

即座に切り返すと、吉野が嫌そうに目を眇めてみせた。

「お前、俺にケンカ売ってんのか？　俺は今まで好きになったヤツにはフラれるばっかりで、付き合ったことないって言ってるだろうが」

「あ、そうか。そうだった。ごめん」

「謝るな！　余計に悲しくなるだろ。自分に彼女ができたからって上から目線か」

「そんなことないよ。別に彼女がいるからって偉いわけでもないんだし」

「その言い方！　マジでムカツク。腹立つから、もう一個それを寄越せ」

圭一は急いでケーキボックスを開けて、吉野の手に新しいシュークリームをのせた。四つ買っておいてよかった。

シュークリームにかぶりついている吉野を見ながら、少し安心した。

彼の口ぶりだと、あれから高槻と何か進展があったわけではないらしい。木下も時間の問題だと散々それらしいことを口にしていたくせに、その後は何も二人について話さないし、考えすぎだったのかなと思う。

「大体、恋愛相談を俺にするのが間違ってんだよ」

吉野が最後の一口を押し込んで、麦茶で流し込みながら言った。

「でも、吉野だって高校の頃は俺に相談してきたじゃないか」

言い返すと、吉野がうっと口ごもる。

「……まあ、そうだけどさ。お前、ホタル先輩がいるだろ。あの人に相談しろよ。少なくとも俺よりはためになるアドバイスをくれるんじゃないの？　といっても、お前が何を悩んでいるのか俺には全然わかんないけどな」

「蛍川先輩じゃダメだ」

「は？　何で」

「俺は、吉野に会いたかったんだから」

「……何？」

吉野が眉根を寄せて険しい顔をした。

「もう一ヶ月以上になるんだ。吉野、全然うちに来ないだろ？　忙しいなら、俺から会いに行かないと会えないと思ったから」

「……お前さ、それどういう意味で……」

「本当は、相談が他にあるんだ」

どこか狼狽えるように視線を泳がせてみせる吉野を、圭一はじっと見つめて言った。

「木下さんと一緒にいても、いつの間にか吉野のことを考えているんだ。こういう時、吉野だったらどうするのかな、こうするんだろうなとか。こういうのは吉野が好きそうだなとか。それで、考えたんだけど」

渾身《こんしん》のアイデアが閃いたとばかりに、嬉々《きき》として提案する。

「今度は吉野も一緒に遊ばないか？　この前みたいに、高槻さんも誘って四人で。木下さんと映画を観に行こうって約束してるんだ。だから、その時は二人も一緒に……」

「お前、何言ってんの？」

低い声に言葉尻を奪われて、圭一は思わずびくっと背筋を伸ばした。

「どう考えたらそんなことになるんだよ」

怖い顔で睨みつけられて、返す言葉が見つからない。吉野が怒っているのは明白だった。だが、なぜ怒ったのかがわからない。

「ご、ごめん。怒らせるつもりはなかったんだけど」

「理由がわからないくせに適当に謝んな。お前、昔からそういうとこあるよな。相手が怒ってるみたいだからとりあえず謝っとけっていう」

軽蔑するように言われる。圭一はいよいよどうしていいのかわからなくなった。

必死に考えて、答えを探し求める。

「……ごめん。どう考えたらって訊かれても、大した理由はないんだと思う。俺はただ、吉野と一緒にいたいと思っただけなんだ。その方がきっと楽しいから」

「……っ」

おもむろに吉野が立ち上がった。

圭一も急いで顔を上げる。吉野が移動する方へ視線で追いかける。

キッチンスペースに出た彼は、冷蔵庫からペットボトルを取り出した。空になったグラスに麦茶を注ぎ、その場で一気に飲み干した。

もう一杯注ぎ、グラスとペットボトルを持って戻ってくる。

再び圭一の向かい側に腰を下ろすと、ふうと長い息を吐き出した。

「……今、俺が話している相手がお前だってことを忘れてた」

ペットボトルのキャップを開けて、圭一の空いたグラスにどぼどぼと麦茶を注ぐ。「飲め」と言われて、圭一はおずおずと口をつけた。

吉野も自分のグラスを傾ける。しばらく無言で麦茶を飲み続ける。

「あのさ」

ふいに吉野が口を開いた。

「木下は俺たちと四人で会うよりも、お前と二人で遊びたがってると思うぞ」

「……そうなのか？」

「たぶんな。俺たち完全にお邪魔虫だろ。それに、こっちだってお前らのデートを見せつけられるためにわざわざ出かけたくねえよ」

最後は吐き捨てるように言って、吉野は再び機嫌を損ねたみたいに麦茶を呷った。

「……そっか。うん、そうだよな」

圭一も納得して、残りの麦茶を胃に流し込む。我ながらいい考えだと思ったが、ただの自分本位にすぎなかったと反省した。圭一が楽しくても、吉野が楽しくなければ意味がない。

少しの沈黙の後、「なあ」と吉野が唐突に訊いてきた。

「木下ともうキスくらいしたのかよ？」

問われた内容を脳が理解するまで、少々時間がかかった。

「——キ、キス!?」

圭一はとんでもないと首を左右に振る。

「付き合い始めて、まだ三週間が経ったところだし」

「結構経ってるじゃん。デートはそれなりにしてるんだろ？」

「付き合う前から数えたら、八回くらいは会ってる」

「お互いの家には？」

「行ったこともないし、うちに来たこともないよ。木下さんは実家だし、遠いから中間の駅で待ち合わせて、いつも大体その周辺にいる。家に招待しなくちゃいけないのか？　普通のカップルは、三週間くらいの付き合いで何もしないのはおかしいのか？　俺、そういう基準がよくわからないから。それに……キスだって、したことがないし」

ふと木下の顔が浮かんだ。彼女はこれまでに誰かと付き合ったことがあるのだろうか。考えてみれば、自分はまだ彼女と手を繋いだこともないのだと気が付いた。いつも木下に合わせて喋るだけで精一杯だ。段階の踏み方がわからない。

「いや、別におかしくはないだろ。そういうのは人それぞれだと思うし」

吉野の口元がどこかほっとしたように僅かに弛んだ。

彼の口の右下にあるほくろを見つめながら、圭一は思い切って訊ねてみた。

「吉野は、したことがあるんだよな」

交際経験はなくても性体験はあると言っていたから、当然キスも済ませているはずだ。

「キスって、どういう感じですればいいんだ？」

「はあ？」

吉野が声を引っくり返らせた。圭一は真剣にお願いする。

「俺はそういう経験がないから、よくわからないんだ。教えてくれ」

「いや、教えてくれって言われても。ああいうのはその場の雰囲気だし、何て説明したらいいのか……」

吉野が明後日の方向を見やって、困ったように頭を掻き毟る。

「雰囲気といわれても、よくわからない。吉野はどうなったらキスをするんだ？」

「どうなったらって、したいと思ったらするだろ、普通は」

「どうやって？」

すかさず訊ねると、吉野がまた頭を掻き毟り始めた。

弱ったように唸《うな》っていたかと思うと、ふいに何かを決心したかのように大きく息をつく。

ちらっと、圭一を横目に見た。

「そんなに知りたいなら、練習してみるか？」

「え？」

圭一はきょとんとした。練習？　キスの練習とは、一体どうやってするのだろう。

興味津々に吉野を見つめていると、彼がテーブルに手をつき、いきなり伸びをするようにして上半身を乗り出してきた。

徐々に距離が縮まって、目の前に吉野の端整な顔が迫る。

圭一は俄に焦り始めた。咄嗟に顔を引こうとするも、どういうわけか自分の体なのにびくともしない。そうこうしているうちに、吉野の顔が益々近付いてくる。

ごくりと喉が鳴る。心臓が今にもはちきれそうな音を立てて、苦しくて息もできない。

吉野は真顔のまま、硬直する圭一に迫ってきた。息がかかりそうな距離まで接近する。

このままではぶつかってしまう――！

思わずぎゅっと目を閉じた。呼吸も止める。

「……っ、バーカ。冗談に決まってんだろ」

ピンッと額に軽い衝撃が走った。

ハッと目を開けた瞬間、また額を指先で弾かれる。

「何、雰囲気出して目まで瞑《つむ》ってんだよ」

「…………」

額を押さえた圭一は、わけがわからなくてしきりに瞬きを繰り返した。

「大体、お前が先に目を閉じてどうすんだ。キスまで女任せかよ。そんなんじゃ、木下に愛想を尽かされるぞ」

テーブルの向こう側に戻った吉野が、呆れたようにニヤニヤと笑っている。

圭一は戸惑いを隠せない。

「……吉野が、キスの練習だって言うから」

「あのな、いくら練習でも男相手にするわけないだろ。飲み会で悪ふざけの延長ならともかく、シラフでしたらさすがに気持ち悪いっつの」

吉野が呆れ返ったように言った。

「練習したいならぬいぐるみ相手にでもしてろよ。この前、ゲーセンで獲《と》ったブタがいるだろ。家に帰って、あいつを木下に見立ててやってみろ。中学生はみんなそうやって練習してるぞ」

「…………」

ようやくそこで、自分が揶揄われたことに気がついた。吉野は最初からキスの指導をしてくれる気はさらさらなかったのだ。

そうとは知らずに吉野の演技に騙《だま》されて、すっかり気が動転した圭一は、咄嗟に目を瞑ってしまった自分を恥じた。カアッと頬が熱くなる。

いくら練習でも男相手にするわけないだろ――吉野の言葉を反芻する。考えてみればその通りだった。それなのに、圭一は吉野に本気でキスをされるものだと信じて疑わなかった。

「次にここへ来るのは、お前がちゃんとファーストキスを済ませてからだからな」

吉野がいきなりそんなことを言い出した。

「いい加減、つまんないノロケ話は聞き飽きた。キスの報告だったら受け付けてやるよ」

フンと鼻を鳴らす。できるものならやってみろと挑発されているようだった。

「……そろそろ帰るよ」

圭一は腰を上げた。一歩踏み出そうとして、ふいに足が縺《もつ》れてよろける。吉野が「おい」とびっくりしたように立ち上がって、慌てて手を差し出してきた。

「何やってんだよ、大丈夫か？」

肩を支えられて顔を覗き込まれた瞬間、なぜだかドキッとした。どっと体温が上がったような気がして、急いで彼から離れる。

「……ごめん、平気だ。ちょっと躓いただけだから」

自分の足できちんと立ち、今度は縺れることなく歩き出す。玄関まで吉野がついてきた。

「お邪魔しました」と言って、圭一はドアを開けた。

吉野が「圭一」と呼び止める。

「何がそんなに不安なのか知らないけど、木下は大丈夫だよ。あいつはお前のことが好きだから。信じてやれよ」

なぜだかその時、ぎゅっと胸が締め付けられたような気分になった。

圭一は言葉もなく頷いて、ドアを閉める。

さっきからずっと、ざわざわと体の奥底で不快な雑音が鳴り響いている。呼吸が速くなり、どういうわけか無性に叫びたくなった。迫り上がってくる理解不能な感情を今すぐにも外に吐き出したくて、苦しくてどうしようもない。

唐突に怒りが込み上げてきた。

——吉野は、何もわかっていない。

だが、何をわかっていないのかが、圭一自身もよくわからなくて、頭の中をマドラーでぐるぐると掻き回されているみたいに気持ち悪い。

気がつくとその場から逃げるようにして階段を駆け下りていた。

▼7▲

吉野に訪問禁止令を言い渡されてから十日が経っていた。

七月に入り、本領を発揮し始めた太陽が殺人的な光線を放っている。

じりじりと焦げつくような暑さに目が眩《くら》む。

少しだけ日に焼けた自分の腕を眺めながら、圭一は吉野のそれを思い出していた。彼の腕は健康的な小麦色で、太すぎず細すぎず、ほどよい量のしなやかな筋肉で覆われている。太い血管が微かに浮き出ている様も男らしく、すらりとしていて節張った指の先まで長い。比べると圭一の腕は随分と見劣りがして、少々情けなく感じられた。今まで自身の体について特に考えたことはなかったが、最近は何かと吉野のことを思い出し、彼のような体形に憧れている自分に気づいてしまった。

百七十センチの身長は、高校三年の身体測定から変わっていない。もうこれ以上は伸びないのだろうか。吉野は百八十センチだから、ちょうど十センチの差がある。

十センチが遠い。

吉野になかなか会えない。

それと反比例するように、木下とは定期的にデートを重ねていた。

相変わらず彼女からの誘いに圭一は言われるがままいそいそと出かけていき、買い物に付き合ったり、映画を観に行ったりした。

少し進展があって、一度だけ彼女と手を繋ぐことができた。

だがそれも、もちろん圭一から仕掛けたわけではなく、彼女の方からさりげなく指を絡ませてくれたおかげで実現したようなものだ。

——次にここへ来るのは、お前がちゃんとファーストキスを済ませてからだからな。

吉野の家にはまだ行けそうにない。

大学では長い夏休みを目前にして、いよいよ再来週から前期試験が始まる。

木下の通う大学でも試験はあるが、圭一よりも十日ほど日程がずれており、まだ彼女に焦りは見られなかった。

二年の前期なので、取得しなければならない単位がたくさん残っている。できることなら一つも落とさずに後期へ繋げたい。さすがに一夜漬けでどうにかなるような量ではなく、試験の代わりにレポート提出が課された授業もいくつかある。科目によってはすでに前期の講義が終了して休講になっているコマもあるが、やることはいっぱいあった。本当はカフェでのんびりとジュースを飲んでいる場合ではないのだ。

「もうすぐ夏休みだよねえ。どこか行きたいよね」

木下がうきうきと情報誌を捲っている。

プールや海や花火やその他諸々のイベント情報が記載されているそれを、圭一はどこか他人事のように眺めながら、女の子と付き合うというのはこういうことなのかと思った。世間一般では、夏になるとみんなそんなにどこかへ行きたくなるものなのだろうか。そして、恋人が行きたいと言えば、自分も付き合う義務があるのだろうか。夏休みのイベント会場やアミューズメントパークはどこも人で溢れ返っている。わざわざそんな場所へ暑い思いをしてまで出向くことを考えて、何だか憂鬱になってきた。

「そういえば、雫《しずく》が——えっと、高槻さん。一緒に遊園地に行った子、覚えてるでしょ?」

唐突に木下に訊かれて、圭一は頷いた。

「その子、バイトを辞めたんだって。カラオケ店で吉野くんと一緒だったんだけど、先月で辞めたって言ってた」

「え……」

圭一は思わずストローから口を離した。

「私、てっきりあの子と吉野くんは上手くいってるんだと思ってたんだけどな。そこのバイト、雫が吉野くんを誘ったんだよ。カッコイイって言ってたし、吉野くんが入ってくれて喜んでたし。遊園地も一緒に行くって聞いて、もしかしてその日に告白するつもりなのかなって思ってたんだけど……何か、私の勘違いだったみたい。結局、私たちの方が先に付き合っちゃったもんね」

上目遣いの木下と目が合う。彼女が照れ臭そうに微笑んだ。

「吉野くんは何か言ってなかった?」

「ううん。最近は、吉野と会ってないから」

「そうなの？　連絡も取ってないの？」

「メールは時々。向こうも忙しいみたいだから」

「そっかあ」と、木下が頷く。

「寂しい？」

「え？」

突然そんなことを問われて、圭一は伏せていた顔を上げた。

木下がどこか困ったように笑う。

「何だか、そんな感じの顔をしてるから。圭一くんは吉野くんと仲が良いんだもんね。高校の時から仲良しだったんでしょ？」

「……うん」

「去年は会ってなかったんだよね？　新歓コンパで再会できてよかったねえ」

にここと屈託のない笑顔で彼女が言った。

思わず口元が綻ぶのが自分でもわかった。圭一はこくんと頷く。

「――……吉野くんって、今彼女いないんだよね？　誰か好きな人がいたりするのかな？」

また急な質問を木下が振ってきた。

「いないと思うけど。あ、でもわからない。最近は会ってないし、もしかしたら、その間にできたかも……」

俄に不安になる。

高槻が吉野と同じアルバイト先を辞めたと聞いて、どこか喜んでしまう自分がいた。二人の仲を勘繰っていた木下も、それが自分の勘違いだったと認めており、なぜか圭一はホッとしたのだ。

しかし、吉野の周りにいる女の子は何も高槻だけではないのだと、今更ながら当たり前のことに気づく。

木下とはまだキスを済ませていないので吉野の家へ行くことはできない。メールを送ると短い返信は来るものの、何だか文面が素っ気なくて、たびたび戸惑うことがあった。あまり執拗に送って迷惑がられてはいけないので、これでも我慢しているつもりだが、自分の知らないところで吉野が何をしているのか気になって仕方ない。

ざわざわとまた胸の辺りで雑音が鳴り始めた。

以前はこんなことはなかったのに、この頃はやけに頻繁に胸騒ぎがする。どれもこれも、吉野のことを考えている時ばかりだ。——どうしてだろう?

「……そろそろ出ようか」

木下が言った。

ハッと我に返った圭一を、彼女は何か物言いたげな眼差しで見つめていた。

吉野の家に行ってはいけないのなら、彼に来てもらえばいいのだ。

いいことを思いついたとばかりに、圭一はさっそく吉野を誘ってみた。すると、夕方からなら空いていると言うので、その週の土曜に約束をとりつけた。

吉野に会うのは二週間ぶりだ。彼が圭一の部屋を訪れるのは実に二ヶ月ぶりだった。

約束の当日、圭一はいつもより早めに目が覚めていそいそと起き出した。うきうきしながら部屋の隅々まで掃除し、彼を迎える準備を整えて待つ。

ピーンポーンと間延びしたチャイムが鳴り響いた。

吉野だ！

圭一は跳ねるように立ち上がって、玄関へ急ぐ。

サンダルを引っかけるとドアを開けた。

「吉野、いらっしゃい！」

勢いよく飛び出した圭一を見て、吉野がぎょっとしたように目を丸くした。

「……びっくりした。驚かせるなよ。何でそんなに元気なんだよ。でっかい犬が飛び出してきたかと思ったじゃねえか」

「あ、ごめん。嬉しくてつい」

「嬉しくてとか、お前そんな笑顔で何言って……」

吉野が一瞬複雑そうに顔を歪める。だがすぐに気を取り直すように嘆息して、言った。

「まあいいや。タコヤキ器を買ったんだって？」

「そうなんだ。ホームセンターで見つけて」

圭一はいそいそと吉野を招き入れる。六畳間のローテーブルの上には、すでにタコヤキを焼くための道具と材料が揃っていた。前回、吉野の家でタコヤキを焼いた時のことを思い出して、スーパーで買い物を済ませておいたのだ。

「何でまた、この暑い時期にタコヤキなんだよ」

飲み物とアイスクリームを買ってきてくれた彼は、冷蔵庫を開けてビニール袋の中身を押し込んでいる。

「暑いならクーラーの温度を下げようか？」

「いやいいよ。あれ、木下は？」

「木下さん？」

圭一はぎくりとした。

「木下さんは、今日はバイトみたいだよ」

「バイト？」と、吉野が拍子抜けしたように繰り返す。

「……ふうん。何だ、木下も来るのかと思ってた。せっかくアイスを買ってきたのに」

バタンと冷凍室のドアを閉めて、六畳間に座り込む。せっせと準備をする圭一をどこか落ち着きのない様子でしばらく眺めていた後、唐突に訊いてきた。

「で、あれからどうなってんの？　お前ら」

圭一はビクッと手を止めた。

「てっきり、今日は二人がかりでノロケられるものだと思って、覚悟して来たんだけど」

その言葉が意外で、圭一は急いで吉野を振り返った。この前は自分の前でノロケ話はするなと怒鳴っていたのに。

圭一はぶんぶんと首を左右に振った。

「報告することが何もないから、吉野の家にはお邪魔できない。だから、今日は吉野にうちへ来てもらったんだ」

正直に伝えると、彼は面食らったような顔をしてみせた。

「……あっ、そういうこと」

「木下さんとキスはしていない」

「ま、焦ることはないいんじゃね？　もうすぐ夏休みなんだし」

吉野が小さく息をつき、肩の力を抜いたのがわかった。

「お前がタコヤキを焼くって言うから、昼から何も食ってないんだ。早く焼こうぜ」

おもむろに腰を上げて、テーブルの傍へ寄ってくる。隣に吉野が座り、圭一の肩をポンと叩く。

「うん！」

触られてスイッチが入ったかのように、ぶわっと気分が高揚し始めた。

「調べてみたら、タコヤキ器でチーズを溶かしてチーズフォンデュもできるらしい。吉野、チーズは嫌いじゃないよな？　ピザやチーズバーガーを食べてたもんな。だからチーズも買ってきた」

「へえ。圭一にしてはシャレたことを考えたな」と、吉野が興味津々にテーブルの上を眺めている。

「これ全部、お前が切ったの？」

それぞれ切り分けた材料を見て、吉野が感心したように言った。

「うん」

「こういうとこに性格が出るよな。俺は適当だけど、お前はキチッとしてそうだもんなあ。青ネギの切り方がすげえ気合い入ってる。タコも均等！　細かすぎ」

吉野が笑う。その楽しそうな表情を見て、圭一も嬉しくなる。

「おなかが減ってるんだろ？　最初は普通のヤツでいいよな？　今、油を引くから」

吉野に座布団を勧めると、「これ、俺が持ち込んだヤツじゃん」と、目を細めてみせた。

二人で一緒にタコヤキを焼き始める。

吉野が生地をくるんくるんと引っくり返し、綺麗な丸いタコヤキを次々と作っていく。対して圭一は相変わらず下手くそだった。皿にひしゃげたピンポン玉のような物体が不恰好に積み上がっていく。吉野に「進歩しねえなあ」と大笑いされた。

アイスクリームで口直しをした後、今度はソースではなく大根おろしとポン酢でさっぱりといただく。とても美味しかったし、楽しい夕飯だった。

台所で片付けを終えて六畳間に戻ると、もうそろそろ十時になろうかという頃だった。

「吉野、お茶飲む？　……吉野？」

振り返ると、吉野は畳の上に寝転がってすうすうと気持ち良さそうに寝息を立てていた。さっきまで話をしていたのに、本当に寝つきのいい男だ。

吉野が初めてこの部屋を訪れた日のことを思い出す。あの時も、こんなふうに会話の最中でいつの間にか寝入ってしまったのだった。

「眠っちゃったのか」

圭一は足音を立てないように気をつけて、吉野の傍にしゃがみ込んだ。目を瞑った彼の寝顔をそっと覗き込む。

吉野の端整な顔に圭一の影が覆い被さる。

こんなに間近で彼の顔を見る機会はそうそうない。起きていたら絶対に怒られる距離だ。吉野がぐっすりと寝ているのをいいことに、圭一はまじまじと見つめた。

「……やっぱり、カッコイイ顔をしてるな」

濃くも薄くもない眉は手入れした様子はないのにいい形をしている。鼻もすっと高く、唇は無防備に少し開いていた。

口の右下にある小さなほくろを探して、圭一は思わず頬を弛ませる。彼のこのほくろを昔から圭一はずっと気に入っているのだ。この小さな点があるかないかで、彼の顔の印象は随分違うのではないかと思う。人懐っこい少しやんちゃなイメージにほのかに妖しい色香が見え隠れして、話しかけやすそうな反面、どこか近寄りがたい雰囲気も併《あわ》せ持っている。そういうギャップが魅力となり、見る者をより惹き付けるのだろう。

きっと、圭一が思っている以上に吉野は男女問わず人気があるはずだ。吉野が女の子に囲まれている姿はあまり愉快ではないが、親しい同性の友人と一緒にはしゃいでいるところも見たくない。

また胸がざわざわしてきた。

これはよくない兆候《ちょうこう》だ。咄嗟に胸元を押さえて、深呼吸をしながら自身を落ち着かせる。圭一の中で眠っていたはずの幼稚な独占欲が、時々こうやってひょっこりと頭を擡《もた》げようとするのだ。あやうく、顔も知らない不特定多数の男女を嫉《ねた》んでしまいそうになって焦った。

しばらくじっと吉野の顔を眺めていると、ふいにその口元に目が吸い寄せられた。

そういえば二週間前、圭一はこの唇にキスをされそうになったのだ。正確に言うと、単なる圭一の思い上がりだったのだが、あの時の吉野の顔が迫ってくる緊張感を思い出して、俄に胸がドキドキし始めた。

吉野の唇を見つめると、胸の高鳴りが一層激しくなる。

――触れてみたい……。

唐突に、そんな欲求が体の底から迫り上がってきた。

寝ている彼と唇同士をくっつけるのはさすがによくないだろう。圭一は思い切って人差し指を伸ばし、彼の口元にゆっくりと寄せた。心臓が忙しく鼓動する。心地好さそうな寝息が聞こえる唇に、ドキドキしながら指を近づける。

指の先端にふにゃっと柔らかな感触が当たった。

驚いて、一旦パッと指を遠ざけた。想像以上に柔らかい。

――もう一回だけ……。

唇を目掛けてそろりと指を下ろしていく。その時、吉野が「ううん」と小さく唸った。

「――！」

ビクウッと全身が震え上がった。

圭一はまるで静電気に弾かれたかのようにバッと手を引っ込めると、正座をしたまま背後に飛び退く。だが、テーブルが邪魔して腕と横腹をしたたかに打ちつけた。

「いッ！」

激しくテーブルと衝突して、圭一は肘を抱えながら胎児のように丸まった。

「圭一？　……何やってんだ？」

目が覚めた吉野が不思議そうにこちらを見ていた。圭一は気まずい思いでかぶりを振る。

「……な、何でもない。ちょっと、除けようとしてぶつかっただけだから」

「ああ、そっか。悪い、俺がここで寝てたせいだな。うわ、もうこんな時間か」

吉野が時計を確認する。

「それじゃ、俺はそろそろ帰るわ」

「え、帰るのか？」

びっくりした圭一は、肘の痛みも忘れて起き上がった。

「でも、もう遅いぞ」

「まだ終電まで時間があるだろ」

「だけど、外は真っ暗だし。危ないよ」

「は？　女子じゃあるまいし、何言ってんだよ」

吉野が苦笑する。だが圭一は真剣に引き止めた。

「帰らなくても、泊まっていけばいいじゃないか」

「え？」

「ほら、前はよくそうしてただろ？　俺は構わないよ。だから泊まっていってくれ」

一瞬、沈黙が落ちた。

目を丸くした吉野が、思わずといったふうに視線を室内に泳がせる。軽く立たせた髪に指を差し込み困ったように頭を掻くと、「いや」と言った。

「明日は朝が早いんだ。泊まったら間に合わなくなるし、今日は帰らないとマズイから」

「――……っ、そ、そうか」

圭一はがっかりしてしゅんと項垂れた。だが、吉野にも予定があるのだから仕方ない。相手の都合も考えずに己の我がままを押し付けそうになった自分に辟易《へきえき》する。今のはよくなかったと反省する。たぶん、吉野を困らせてしまった。

「ごめん、無理を言って」

「いや、別に無理とかじゃないけど」

殊勝《しゅしょう》に謝る圭一に、吉野が焦ったように首を振った。弱ったみたいにしきりに頭を掻いている。少し逡巡するような間をあけて、吉野は悄然《しょうぜん》と肩を落とす圭一を見つめながら複雑そうに口を開いた。

「ていうかさ、わけわかんねえんだけど。お前のそういうとこ、一体どういうつもりで……」

「え？」

思わず訊き返した途端、吉野がぐっと言葉を飲み込むようにして黙り込んでしまう。すっと顔を逸らして、「いや、わけわかんないのは俺の方か」と頭を振った。

「今日はとりあえず帰るわ」

荷物を持って、玄関に向かう。圭一もとぼとぼと後ろからついていく。

「じゃあな」

「うん。気をつけて」

帰っていく吉野を見送った。

一人きりになると、見慣れた六畳間が妙に広々として感じられた。別れたばかりなのに吉野の顔を思い出して寂しくなる。木下とのデート後にこんな気持ちになることはない。吉野だけが特別なのだ。

——お前のこれは友情だ。恋愛感情とごちゃまぜにすると大変なことになるぞ。

吉野の言葉が蘇る。

では、交際している彼女にも思ったことがないこういう気持ちを、何と表現すればいいのだろう？　唯一の親友に対する持て余すほどの感情に、明確な名前はあるのだろうか。

あるのなら是非《ぜひ》とも知りたい。きちんと名前がつけば、このどうしようもないもやもやとした気持ちをもっとラクに処理できる気がする。

吉野に会いたい。今すぐ走って、夜道を歩いている吉野を強引に連れ戻したい。だけどそんなふうにベタベタとつきまとえば、吉野は鬱陶しく思うだろう。うんざりされて嫌われてしまうかもしれない。親友のポジションを剥奪《はくだつ》されるのは嫌だ。

次はいつ会えるだろうか。

もうタコヤキ器では釣られてくれないかもしれない。何をしたら吉野は喜ぶのだろう。

吉野の笑った顔が見たいなと思う。

しかしその日を境に、圭一がいくら誘っても吉野は家に来てくれなくなってしまった。


最後に吉野と会ってから、一週間が経っていた。

積極的にメールを送っても、彼からは数回に一度返ってくればいい方で、その内容もたった一言だ。《忙しい》《バイト中》《その日は予定がある》《今手が離せない》――素っ気ない文面を見て、圭一はため息をつく日が続いた。

木下とは二日に一度の割合で会っている。相変わらず圭一は彼女の呼び出しに応えるだけの受身体勢で、特に進展はない。しかし先日、木下がうきうきと鞄の中から旅行のパンフレットを取り出すのを見た瞬間、正直に言ってうんざりしてしまった。

それが珍しく態度にまで出てしまったのだろう。生返事を繰り返す圭一に、木下は徐々に白けた顔つきになり、「また今度にしようか」と怒って、パンフレットを片付けてしまったのである。気まずい雰囲気のまま彼女と別れたのが二日前――。

だが薄情なことに、圭一の頭の中は木下よりも吉野のことでいっぱいになっていた。

大学は試験準備期間に入り、圭一が受講している科目はすべて授業を終了した。来週からいよいよ前期試験が始まる。

自宅で提出用のレポートを作成する傍《かたわ》ら、そわそわしながら吉野にメールを送ってみた。あまり返信は期待できなかったが、十分後、携帯電話がメールの受信を知らせた。

圭一は作業を中断して、急いでメールボックスを開く。

《バイト中。十時までだから、それからだと遅くなる。また今度な》

夕飯を一緒に食べないかと誘った返事だった。

圭一はしばらくじっと画面を見つめて、がっくりと肩を落とした。

アルバイトなら仕方ない。そう頭では思うのに、諦めの悪い心がどうにかして吉野に会えないものかと思案する。

そして唐突に、自分が会いに行けばいいのだと思いついた。

彼のアルバイト先のカラオケ店なら以前本人から教えてもらった。大体の場所はわかる。店の前で彼が出てくるのを待っていればいいのだ。

もう一度、吉野のメールを確認する。夜十時に仕事が終わり、それから電車に乗ってこっちに向かえば合流できるのは十一時を回るだろう。――彼が言いたいのはきっとそういう意味だ。それなら動ける圭一が移動すれば時間と距離の問題は解消する。

そうと決まると、そわそわした気分も落ち着いて、作業に集中できた。

一気にレポートを一つ仕上げた後、圭一はいそいそと仕度をして家を出た。

いつもなら途中で逃げ出したくなるぎゅうぎゅう詰めの電車内も、今日はこれから吉野と会うことを考えるだけでまったく気にもならなかった。うきうきと心が弾む――。


目的のカラオケ店は、駅前の繁華街にあった。

吉野のマンションからだと駅三つ分。ちょうど大学へ通う沿線上にあるので移動も便利なのだそうだ。

圭一は夜の繁華街に慣れていない。昼間とはまた違った雰囲気の人込みの中を少し緊張気味に歩く。

駅を出た時からカラオケ店の看板は目立っていた。派手な電飾が煌《きら》めき、迷うことはなさそうだ。

この辺りは圭一が住んでいる町とは違って駅前に商業施設が多く、若者の姿が目立つ。飲食店がずらりと並ぶ通りにはサラリーマンやＯＬたちが行き来していた。制服姿の学生も多く、傍に有名進学塾があることを知る。歩いているだけで様々な人間が放つ熱気の渦が押し寄せてくるようだ。少なくとも圭一にとってはあまり居心地のいい場所ではなかった。

それでも、あと少しで吉野に会えると思うと、自然と足が前へ進む。

吉野は圭一がここにいることを知らない。少しわくわくした。アルバイトを終えて店を出た吉野は、圭一を見つけた瞬間、どんな反応をしてみせるだろう。まさか圭一がいるとは思わないから、やはりびっくりするだろうか。

いろいろな妄想をしながら、目当ての建物の前に到着した。

時計を確認するとまだ九時になったところ。吉野は仕事中だ。

自動ドアの向こう側には受付カウンターがあって、その周辺には椅子が並べてある。フロアには十代から二十代の男女グループが溜まっていた。受付に吉野の姿はない。

圭一は歩道脇の花壇のレンガに腰掛けて、しばらく店内の様子を観察することにした。

エレベーターのドアが忙しく開閉し、客が乗り降りを繰り返している。建物の一階から四階までがカラオケ店になっていて、五、六階はそれぞれ別の飲食店が入っているようだ。吉野は別のフロアで接客をしているのかもしれない。

圭一はカラオケというものを人生で一度もしたことがない。建物にすら入ったことがないので、どういう仕組みなのか少しばかり興味はある。人の出入りが激しくて、とにかく騒がしい印象だ。目の前の自動ドアが開くたびに大音量の音楽が外へ吐き出される。しかし音楽に疎い圭一にはどれもピンとこないものばかりだった。これが今の流行りの曲なのかとぼんやり思いながら観察を続ける。

気がつくと、いつの間にか一時間近くが経過していた。

そろそろ十時だ。時刻を確認した圭一は、気を引き締める。店内から出てくる人の顔を見逃さないように、じいっと食い入るようにチェックする。

探していた顔が現れたのは、それから十五分が過ぎた頃だった。

「あ」

圭一は思わず立ち上がった。吉野だ。

しかし彼は自動ドアを通って出てくると、こちらを見向きもせずに右折してしまう。

「吉野……っ」

慌てて呼び止めた。だがその時、目の前をどやどやとサラリーマンの集団が通り過ぎる。一瞬、視界が塞がれた。大きな笑い声の前に圭一の声は掻き消されてしまう。

人の流れに押し戻されそうになりながら、必死に掻き分けて吉野の後を追った。

どうやら駅とは反対の方向へ歩いていくようだ。どこへ行くのだろうか。後ろ姿を見失わないように圭一も懸命に足を動かす。

吉野が脇道に入った。

どうにか人込みから抜け出し、圭一も同じ路地へ折れる。

ごみごみとした通りから一本逸れただけで、急にひとけがなくなった。

戸惑いながらキョロキョロと辺りを見回し、薄暗い路地裏に吉野の姿がかろうじて確認できてホッとする。慌てて呼び止めようとしたが、その前に吉野はまた別の道を曲がる。

圭一は懸命に追いかけた。

後に続いて曲がる。するとすぐそこに、目印のようにぽつんと輝く電飾を見つける。小さな飲食店。その明かり越しに、吉野が立ち止まるのが見て取れた。

ぎょっとして、圭一は咄嗟に傍の立て看板の裏へ身を隠した。

息を詰めて、そろりと首を伸ばす。

吉野の後ろ姿が見える。一緒にぼそぼそと話し声が聞こえてくる。

最初は電話をしているのかと思った。しかし、そうではないことに気づく。彼のものではない明らかに別人の声も聞こえたからだ。しかも女性のソプラノ。

誰だろうか――？

途端に胸がざわつき始めた。

こんな奥まった場所で、吉野は誰と会っているのだろう。ぼそぼそと何かを話しているのはわかるが、内容までは聞き取れない。

その時、欹《そばだ》てた耳に吉野の声が飛び込んでくる。「高槻」と、彼は言った。

圭一は思わずビクッと背筋を伸ばした。

一瞬、頭が混乱する。だが聞き間違いではない。確かに吉野は彼女の名前を呼んだのだ。

真っ先に頭に浮かんだのは木下の言葉だった。彼女の話では、高槻は先月でカラオケ店のアルバイトを辞めたはずだ。それなのに、どうしてこんなところにいるのだろう。なぜ、吉野と一緒なのか。

胸のざわつきが一層酷くなる。

店から出てきた時、吉野は一人だった。高槻とは最初からここで落ち合うことになっていたに違いない。どうしてわざわざこんな時間帯にひとけのない薄暗い場所で会う必要があるのか。二人は顔をつき合わせて、一体何の話をしているのだろう。

圭一はその場で固まってしまい、看板の陰からじっと彼らを凝視していた。

——私、てっきりあの子と吉野くんは上手くいってるんだと思ってたんだけどな。

木下の言葉が蘇った。

——遊園地も一緒に行くって聞いて、もしかしたらその日に告白するつもりなのかなって思ってたんだけど……。

心臓がドクンドクンと高鳴っている。こんなにおっかない自分の心音が聞こえたのは初めてだった。息を潜めなくてはいけないのに、勝手に呼吸が荒くなる。

彼らは自分たちの話に夢中で、周囲に人の気配が潜んでいることなどまったく考えてもいないようだった。圭一がじっと見つめる視線の先で、二人の立ち位置が僅かに変わる。

吉野が何か言いながら左へ一歩移動した。そのせいで、それまで吉野の陰に隠れていた彼女の姿がはっきりと見て取れる。オレンジ色の店の明かりに照らされて、ぼんやりと見覚えのある顔が浮かび上がった。

圭一は思わず息を呑む。やはりあれは高槻だ。

しゃがみ込んだまま、無意識のうちに両膝を強く掴んでいた。綿パンの上から突き立てた爪が皮膚まで食い込み、鋭い痛みにハッと現実に引き戻される。

心臓が早鐘を打ち、鼻息が荒々しい。

真剣な様子で何をそんなに長々と話すことがあるのだろうか。ふとその時、ある考えが頭を過る。

まさか、高槻は今になって吉野に告白する決心をしたんじゃ——？

ただの憶測が妙に現実味を帯びて胸に突き刺さってきた。一度頭に浮かぶと、そうとしか考えられなくなってしまう。

高槻が吉野に話しかけた。何を言っているのだろうか。気になって思わず身を乗り出す。

一方、吉野は黙って話を聞いている。何を考えているのだろう。実は、吉野も彼女の気持ちに気づいていて、ひそかにこの瞬間を待ち望んでいたのだとしたら……。

「……っ！」

ズキッと胸に鋭い痛みが走った。

圭一は胸元を押さえる。ふうふうと獣のような息遣いを響かせながら、二人から目が離せない。

ふいに、吉野がおもむろに右手を持ち上げた。

そしてその手を高槻の頭にのせる。優しい手つきでゆっくりと撫で始めた。

そこには彼がいつも圭一をぽんぽん叩くような気軽さは欠片も無い。繊細なガラス細工にでも触れるかのような、丁寧で慎重な指の動き。優しく包み込む手のひら。

しばらく俯いていた高槻が、倒れ込むようにして吉野の胸元に額を押し付けた。

吉野はそれをとても自然な恰好で受け止める。肩よりも短い彼女の髪を優しく指先で梳《す》くようにして撫でている。

ぞわっと凄まじい戦慄《せんりつ》が背筋を駆け抜けた。

半ば無意識にぶるりと全身を震わせて、その拍子に看板がガタンと耳障りな音を立てる。

静かな暗闇の中、まるで世界が崩壊したかのような衝撃音が辺りに響き渡った。

ハッと吉野と高槻がこちらを振り返る。——見つかった！

その瞬間、圭一は反射的に立ち上がっていた。

突然、看板の陰から飛び出した人影に、ぎょっとした二人が即座に緊張を走らせる。

だが、距離はたった数メートルほど。吉野の視力がいいことを圭一はよく知っていた。

「——圭一！」

吉野が驚いたように言った。

「お前、何で……」

動揺を隠し切れない声がいたたまれず、圭一は咄嗟に何か答えなければと考える。しかし言葉より先に、胃の底から熱の塊が物凄い勢いで迫り上がってきて喉元を塞ぐ。

「——……っ」

気づくと圭一は踵を返していた。息ができず、胸が潰れてしまうのではないかと思うほどに苦しい。わけのわからない苦痛から逃れるようにして、無我夢中で走り出す。

「あ、おい！　圭一――」

背後で吉野が何か叫んでいたが、聞き取る余裕もなかった。

とにかく逃げなくてはとその一心で足を動かす。

胸の奥深くで覚えのある感情が渦巻いているのがわかった。高校の頃、雑賀に吉野をとられたくないと思った、あの時と同じだ。いや、当時よりも今の方がもっと酷くなっている気がする。醜《みにく》く幼稚な独占欲。自分の体がどんどんどんどん、汚くてどろどろしたおぞましい感情に内側から蝕《むしば》まれていくようで、心底気持ちが悪い。

こんなものを抱えていては駄目だ。今度こそ吉野に嫌われてしまう――。

「おい、止まれ！　こら待てバカ！」

いきなり背後から腕を掴まれて、がくんと顎が大きく跳ね上がった。

びっくりして思わず足が止まる。どれだけ走ったのか自分でもよくわからなかった。立ち止まって初めて、呼吸が酷く乱れていることに気づく。視界の両端で肩が激しく上下する。もう一つ、自分のものではない激しい息遣いがすぐ傍から聞こえてきた。

「はあ、はあ、何でいきなり走り出すんだよ、お前は……」

「……吉野」

半開きの口から、吐息に混じって零れ落ちるように声が漏れた。目に映った彼は、どういうわけか輪郭《りんかく》が滲んでぼやけている。

ちらっと吉野がこちらを見た。そして、ぎょっとしたように言葉を詰まらせる。

「――お前、何で泣いてんだよ」

「……え？」

言われて初めて、自分が涙を流していることに気がついた。だが、どうして泣いているのかわからない。わけがわからなくて混乱する。

「おい？　圭一？」

明らかに焦った彼が、茫然と立ち尽くす圭一の顔を心配そうに覗き込んでくる。

黙ったまま、ただ嗚咽を漏らす圭一を前にして、吉野が狼狽えるように頭を掻いた。

「どうしたんだよ。何があった？」

周囲の目を気にした彼が、「とりあえず、こっちに来い」と圭一の腕を引いた。闇雲《やみくも》に走った結果、いつの間にか路地を抜けて賑やかな大通りに戻ってきてしまったようだ。

手を引かれて脇道へ連れていかれる。泣きじゃくる圭一は黙って従う他なかった。理由もわからず涙は次々と溢れてくるし、感情が昂っているせいで思考もまともに働かない。吉野に引き摺られるようにして歩くのが精一杯だった。

ひとけのない薄暗い路地裏まで来ると、立ち止まった吉野が振り返った。

「おい、本当にどうしたんだよ。泣いてちゃわかんないだろ。なあ圭一、何があったのかちゃんと説明しろ」

困惑したように問われる。

少し落ち着きを取り戻した圭一は、鼻を啜り手の甲で涙を拭う。爪先を睨みつけたまま蚊の鳴くような声で答えた。

「……ごめん」

「謝るんじゃなくて、説明してくれ。大体、どうしてお前がこんなところにいるんだよ。一人で泣く意味もわからないし……」

「違うんだ」

圭一は思わず叫んだ。

「俺には、吉野に謝らなきゃいけない理由があるんだよ」

一瞬、沈黙が落ちる。吉野が「は？」と、怪訝そうに眉根を寄せた。

「謝らなきゃいけない理由って、何だよそれ」

「それはだから——っ、……俺はまた、嫌だと思ってしまったんだ」

「嫌？　何が」

嗚咽混じりの言葉に、吉野がいよいよ意味がわからないと首を捻る。

だが、圭一の醜い欲が詰まった脳内を知れば、きっとその表情も強張るに違いなかった。

「もし、吉野が次に誰かを好きになったら、今度こそ絶対に応援するつもりだったんだ。だけどさっき、高槻さんと一緒にいる吉野を見た途端、やっぱり雑賀さんの時と同じで俺はすごく嫌な気持ちになった。吉野を取られたくないって、また思ってしまったんだよ」

吐き出す息が熱い。まるで体内で炎が燃え盛り、内臓がちりちりと炙《あぶ》られているかのようだった。熱くて痛いほどの熱の塊が、胸の底でどろどろに渦巻くどす黒い感情を引き連れて急速に喉元まで迫り上がってくる。

「――吉野、さっき高槻さんの頭を撫でてただろ？　それが本当に嫌だった。嫌で嫌で仕方なかった。俺の頭ならいくらでも叩いていい。だけど、他の人に吉野があんなふうに触れるのは嫌なんだ。……俺、雑賀さんの時はここまでじゃなかったと思う。たぶん、高校の時よりも悪化してる。吉野が俺じゃない別の誰かと一緒にいるところを想像しただけで、最近すごく胸が苦しくなる。男でも女でもダメなんだ。吉野を俺だけのものにしたくて、どうやったら俺のところに来てくれるのかずっと考えてた。気づいたら、頭が吉野でいっぱいで、今日だって吉野に会いたくてここまで来て――……でもこれって、普通の友情とは違う気がするんだ。俺……っ、やっぱりどこかおかしいんだと思う」

一気に言葉を吐き出して、鼻の奥にツンと痛みが走った。目から零れ落ちた水滴が、スニーカーの爪先をぱたぱたと叩く。視界が水没し、世界がゆらゆらとふやけて歪む。

「吉野に親友だって言ってもらえて、すごく嬉しかったんだ。それなのに、吉野の幸せを素直に喜べないのが辛い。俺と木下さんが付き合い始めた時に、吉野は『よかったな』って言ってくれただろ？　俺だって、吉野に彼女ができたら『よかったな、おめでとう』って言いたい。でも、どうしてもそれができないんだ。吉野みたいに言ってあげられない。何でだろう？」

どうして、自分は素直に喜べないのだろうか。

圭一は何度も何度も自分に問いかけた。だがいまだにその答えが見つからない。はっきりした正解がわからないから、辛くて苦しいままだ。

「吉野が他の人のところへ行ってしまうのが怖いんだ。ずっと、俺の傍にいてくれたらいいのに。そ、そしたら俺は……っ、俺は雑賀さんや高槻さんよりも絶対に、俺の方が絶対に吉野のことを大事にするのに……っ」

興奮しすぎたのか、くらりと眩暈がした。息が上がって、苦しくて、言葉と一緒に吐き出せなかった熱に喉がきつく締め付けられる。感情を制御できず、涙がぽろぽろと溢れ出す。

「なあ圭一、お前のそれって……おい！」

急に膝の力が抜けて、その場にしゃがみ込んだ。「圭一！」と、吉野までが膝を付き、俯いた圭一の肩を支えるようにして顔を覗き込んでくる。

「大丈夫か？　気分が悪いなら、少し休もう。どこか横になれるところは……」

心配そうに言って、吉野が辺りを見回し始めた。

圭一の背中を擦りながら、座るように促してくる優しい声が、耳にわんわんと鳴り響く。

吉野の優しさが胸に突き刺さる。自分の身勝手な気持ちだけを一方的にぶちまけてしまった後悔が、胃の底から迫り上がってきた。涙越しに見た吉野の表情がはっきりと網膜に焼き付いている。――すごく、驚いた顔をしていた。感情を爆発させた圭一を前に、吉野は大きく目を見開きどうしていいのかわからないような面持ちで固まっていた。

吉野を困らせてしまった。それに気づいた瞬間、体中の血液がさあっと一気に引いていくような感覚に襲われる。貧血を起こす一歩手前みたいに、頭痛と眩暈までし始めた。こんなつもりじゃなかった。ただ、久しぶりに吉野の顔を見て、少し話がしたかっただけなのに。

「——……ご、ごめん。今のは全部、忘れてくれ。俺、ちょっとおかしいんだ」

圭一は焦って腰を上げた。急に立ち上がったせいで、軽い立ちくらみを起こす。よろけた圭一を即座に反応した吉野が支えた。

「バカ、何やってんだ。急に立ち上がるなよ、倒れるだろ。大丈夫だ、落ち着けって。何もおかしくないから、ひとまず座れ。この道はあまり人が通らないし、もう少しここで休んで……」

「触らないでくれ」

だが圭一は、反射的にその手を振り払っていた。

吉野が驚いたように目を瞠り、息を呑んだのがわかった。圭一はすっと視線を逸らして、唇をきつく噛み締める。

「……もう、吉野とは会わない。その方が、お互いのためだと思う」

両足を踏ん張り、気力でどうにか立っていた。左の側頭部がズキズキと脈打っている。涙で濡れた目が腫《は》れぼったい。くらくらする。だが、今ここで倒れるわけにはいかない。吉野にこれ以上迷惑をかけては駄目だ。きちんと謝って、自分の足で立ち去らないと——。

「俺、吉野が大事で、吉野の一番の親友になりたかった。だけど、ごめん。俺には無理みたいだ。あと、今日は勝手に来たくせに、吉野のことを困らせるようなことばかり言ってごめん。高槻さんにも、謝っておいてくれ。それじゃ」

「それじゃって、ちょっと待て、まだ話が……」

吉野が何かを言いかけたが、それよりも圭一が背を向ける方が早かった。

爪先が地面を蹴る。その場から逃げるようにして走り出す。普段は滅多に走らないのに、自分の中のありったけの力を足に込めて必死にもがくようにして走った。喘ぐみたいに夏の生温い夜気を短く吸っては吐く。頭がじんじん痺れる。まだだ。まだまだ走らないと、立ち止まったら一気に涙が溢れ出しそうで、恐怖に駆られる。

いつの間にか駅が目前だった。

吉野は追ってこなかった。今頃は高槻のもとへ戻っているだろう。電車の走る音が遠くに聞こえ出す。喧騒の中を歩きながら、少しずつ落ち着きを取り戻していく。

改札を抜ける。ホームへ続く階段をのろのろと上がりながら、終わってしまったのだなと思った。たった一人の大切な友人との繋がりを、圭一は自らの手で断ってしまった。

アパートの真っ暗な部屋に戻ってくると、電気もつけないまま畳の上に座り込んだ。

膝を抱えて、額を埋める。もう涸れたと思っていた涙腺から、再びぶわっと大粒の涙が盛り上がってきた。しばらく声を殺して泣いた。

その夜は一睡もできなかった。埃一つ落ちていない畳の上で、真っ暗な天井を見上げながらただぼんやりと寝転がっていた。

翌日、木下に電話をかけた。

『どうしたの？　初めてだね、圭一くんから電話をくれたの』

木下は少し驚いたように言って、笑っていた。

「木下さん、今日は空いてる？　ちょっと会えないかな？」

『あれ、圭一くん。試験勉強で忙しいんじゃなかったっけ』

すぐさま切り返されて、思わず押し黙る。回線の向こう側から、くすくすとおかしそうな笑い声が聞こえてきた。

『私に話があるんでしょ？　わざわざ外に出なくてもいいよ。圭一くんさえよければ、今聞かせてもらってもいいかな？　何となく予感はしていたから、大丈夫』

木下は最後まで優しかった。彼女には本当に感謝の言葉しかない。自分にはもったいないくらいのいい子で、そんな彼女と付き合えたこと自体が奇跡だった。それなのに、罰当たりなことに圭一は彼女では駄目なのだ。心がしっくりいかない。

更にその翌日、吉野からメールが届いた。

《木下と別れたって本当か？　連絡くれ。話がしたい》

圭一は初めて、吉野のメールに返信をしなかった。

▼8▲

目前に迫った前期定期試験の勉強に励む。

かつてないほどの集中力で、頭の中を文字や数字でいっぱいにした。他に何も考える暇がないくらい、試験のことばかりを考えていた。

そのおかげで、約一週間に渡る試験日程をどうにか無事に乗り切る。まずまずの手応えがあった。

ひとまずこれで明日から夏休みを迎えられる。

最終日の試験が終わり、大学を出てから久々にアルバイト先の自然食品店へ向かった。試験期間中は休みをもらっていたのだ。

「お疲れ様です。お休みをいただいてすみませんでした」

「あら、青柳くん。テストお疲れ様。ちょっと、何か痩せたんじゃない？　夏バテ？　勉強のしすぎなんじゃないの？　ちゃんと食べてた？」

三十路《みそじ》になったばかりの女店長が、あまり日に焼けていない圭一の痩身《そうしん》を見て心配そうに言った。

もともと元気溌剌《はつらつ》なイメージはないが、ずっと家にこもっていたので体が少し鈍《なま》っている気がする。試験中に倒れてはいけないので食事はきちんととっていたつもりだけれど、特に栄養バランスを考えているわけでもなく、いつも適当に済ませていた。

「大丈夫です。店長からもらった大量のゴーヤチップスを毎日食べてましたから」

「ああ、あれ？　意外とクセになるでしょ。まだいっぱいあるよ、全然売れてないから」

カラカラと小気味いいほどの笑い声を聞いて、圭一はちょっと安心した。この一週間、ほとんど人と喋っていないので、彼女の腹の底から声を張った大笑いが懐かしかった。

「そういえば青柳くん、実家にはいつ帰るの？」

「お盆辺りの予定です。墓参りに行かなきゃいけなくて」

「そっか。お墓参りは大事だからねえ、ちゃんと行かなきゃダメよ。あ、そうそう。昨日はどこかに出かけてたの？　電話したんだけど、繋がらなかったから」

「え？」

圭一は慌てて鞄の中を探った。

「――あ、電源を切ったままだった。すみません」

「メールも送ったんだけど。そっちも見てないよね」

「……すみません」

普段から滅多に鳴らない圭一の携帯電話だ。最近は珍しくよく働いてくれていたが、それも吉野と木下との縁が切れて不要になってしまった。店長には申し訳ないことをした。

「別に急ぎの用じゃないからいいんだけど。でも若いのに珍しいね。起きてすぐに携帯チェックしないんだ？」

彼女が苦笑する。

「最近は何だかやけにそわそわした感じで楽しそうにしてたから、彼女でもできたのかなって思ってたんだけどね。話っていうのは、シフトのことなの。そろそろ出してもらいたくて、青柳くんも夏休みに入ったから、朝から来られる日があれば嬉しいんだけど。あと、商店街のお祭りの日は大丈夫？　前に話した野菜や果物のスムージーを作って売るから、是非手伝ってくれると助かる」

「はい、大丈夫です」

「よかった。それじゃ、今時間があるし、そこのメモ用紙を使っていいからシフトを書いておいてくれる？」

卓上カレンダーを渡されて、圭一は奥の小部屋に入った。

部屋の隅に小さな棚があり、そこが圭一の荷物置き場だ。店長が自分の分と一緒に洗濯してくれたエプロンが綺麗に畳んで置いてある。個人営業の小さな店なので、一人で切り盛りをしている彼女は学生の圭一に対して本当の家族のように接してくれる。アルバイトを始めた当初は、その気さくな態度と近すぎる距離感に戸惑うことも多かったが、あれから一年以上が経ち、今は彼女の優しさがとても身に沁みた。

小さな一つ脚の丸机にカレンダーを置き、椅子を引いて座る。

手に持っていた携帯電話の電源を入れた。

しばらくして画面が表示される。何日ぶりかに再起動した携帯電話のキーを操作して、不在着信とメールボックスを確認した。

ふいに手が止まる。

「……何でだよ」

ほとんど無意識に乾いた唇から声が零れ落ちた。

呟いた途端、ぎゅっと胸が詰まって、なぜだか泣いてしまいそうになる。

店長の名前を挟むようにして、上下が吉野の名前で埋まっていたからだ。

「……っ、こんなにたくさん」

吉野のメールは、昨日店長から送られてきたものを間に挟んで、その前後では少々日にちが空いていた。

メールを受信していない期間が、ちょうど圭一の試験期間と重なっていることに気づく。

試験初日の前夜に送られてきたメールのタイトルは《がんばれ》。恐る恐る本文を開いてみる。

《調子はどうだ？　明日からの試験、がんばれよ。夜更かしせずに早く寝ろ。また終わった頃に連絡する》

それから一週間ほど空いて、今日の日付ですでに二通のメールが送られてきていた。ついさっきだ。

《試験お疲れ。今日はバイトか？》

《話がしたい。連絡をくれ》

最新の二通は試験前のものと違って、淡々とした短い文章の中にどこか切羽詰《せっぱつ》まったような焦りが見え隠れしているように思えた。

吉野が圭一の試験日程を正確に覚えていたことにまず驚く。ちらっと話した気はするが、適当に聞き流されているものだとばかり思っていた。

こんな些細なことが途轍もなく嬉しい。

思えば、吉野と木下のどちらに自分がより比重を傾けていたのかは明白だった。

木下には感謝しても足りない。自分のために時間を無駄にしてしまったのではないかと思うと心が痛む。本当に申し訳ないことをした。だけどやはり、圭一は彼女とはキスができなかったと思う。

木下のことは好きだ。でも、胸が潰れるほどに苦しくて、自分でもわけのわからない感情に引き摺られては切なくて泣いてしまうほど、彼女のことを想ったことはない。

吉野のことを想うと今にも泣けてくるのに――。友情も度が過ぎると、こんな気持ちに辿り着くこともあるのだろうか。

吉野からの未読メールを遡るとまだ三通あった。どれも最後に《連絡をくれ》と書いてある。だが、圭一が無視する形で少し間が空き、試験前夜のメールに繋がっていた。

「……もう会わないって、言ったのに」

一番新しいメールの文面を見つめながら、圭一は唇を噛み締める。

《話がしたい。連絡をくれ》

話って何だろう？　吉野は圭一に何を言うつもりだろうか。

店先から「いらっしゃいませ」と、店長のほがらかな声が聞こえてきた。

ハッと現実に引き戻された圭一は、急いで携帯電話を折り畳む。鞄の奥に押し込むとテーブルの上のメモ用紙を一枚破り、シフトを書き始めた。


午後八時を回り、店を閉めて店長と一緒に外へ出た。

「ねえ、青柳くん。これ飲んでみて。十種類の野菜と果物が入った特製ジュース。私の手作りなんだけど」

水筒を渡された。

「もらってもいいんですか？」

「一人暮らしなんだから体調管理には気をつけないと。栄養をしっかりとって、ぐっすり寝なさい。それ、飲んだら感想を聞かせてね。いけそうなら、これも祭りで売ろうかと思ってるの。スムージーよりジュースの方がいいっていう人もいるだろうし」

「ああ、なるほど」

「とりあえず、青柳くんは体重を戻そう。絶対に痩せたよね？　ただでさえ細いのに。夏休み中にあと三キロくらいは太らせてやるから」

バンッと背中を叩かれて、不意打ちの衝撃に耐え切れず圭一はよろけてしまった。

「いや、あと五キロかな……」

不穏なことを言って、彼女がにやりと笑う。

「それじゃ、気をつけてね。また明日」

手を振って帰っていく店長に挨拶をして、圭一も帰路に就く。

人との出会い自体は極端に少ないが、だがきっと、圭一の出会い運は悪くない。

水筒を抱えて歩きながら、ふとそんなことを思った。大学で知り合い何かと気にかけてくれる蛍川、初めて付き合った女の子の木下、家族のように心配してくれる店長。自分はとても恵まれている。

今まで考えたことはなかったのに、どういうわけか急に他人とのかかわりが気になり始めた。ぼんやりと風景の一部として眺めているだけだった群衆を、いつしかちゃんと人として意識するようになっていた。

吉野と別れて止まっていた時間が、彼との再会をきっかけに、再びゆっくりと動き始めた気がする。

圭一を変えてくれるのは、いつだって吉野だった。吉野と出会わなければ、圭一は今頃どんな人間になっていたのだろう。毎日を何となく生きて、仕方なく周囲と必要最低限の会話を交わし、特に誰に対しても興味が持てないので可能な限り無関心を決め込む。そうやって過ごしていたら、人との出会いに感謝する気持ちにはならなかったんじゃないか。

こんなふうに考えること自体、以前の圭一からは想像もつかなかった。

全部吉野の影響だ。吉野と再会して、圭一は高校の時よりも一層いろいろな部分が変わった。変わらなくてもいいようなところまで変わってしまった。

感情が増えすぎると、不器用な自分は持て余してしまって、かえって上手く回らなくなることも知った。吉野には感謝しているからこそ、もう会いたくない。会ったら、また自分はおかしくなる。何を口走ってしまうかわからない。これ以上彼に嫌われたくなかった。

商店街はすでにほとんどの店がシャッターを下ろしていて、しんと静まり返っていた。ちらほら人影はあるが、みんな足早に通り過ぎていく。

商店街を抜けて住宅地に入った。

川沿いをとぼとぼと歩き、短いコンクリート橋を渡る。

半袖の腕に湿気を含んだ夏の夜の生温い風が貼り付く。ぼんやりと輪郭が白く霞《かす》む月につきまとわれながら、さらさらと水の流れる音に耳を澄ませた。

どこかの家で風鈴が鳴っている。

これからが夏本番だというのに、音色が妙に物悲しく聞こえる。まるで、夏休みの最終日のような寂しい気分になる。わけもなく僅かな焦燥すら覚えた。

アパートが見えてくる。

一歩一歩、歩くたびに鞄の中身が気になった。

携帯電話はバイト前に確認して以降、見ていない。家に帰って鞄から取り出したら、また新たにメールを受信しているのだろうか。

俄に胸が高鳴り始めた。

試験期間中はずっと試験のことで頭が満たされていたのに、逃避する場所がなくなってしまった。このままではまた頭が吉野でいっぱいになりそうで、それが怖い。

全八戸の二階建てアパートに辿り着き、コンクリート階段を上る。

圭一の部屋は左奥の角部屋だ。右隣の住人は一ヶ月前に引っ越してしまい、まだ新しい借り手がついていない。電気が灯《とも》っているのは一階と二階のそれぞれ右端の部屋だけだった。

とぼとぼと階段を上って、左に曲がる。

その時、暗がりの中で何かが動いた。

「――!」

ぼんやりしていた意識が急に覚醒《かくせい》したように、圭一はビクッと立ち止まった。

部屋の前に誰かがいる。

ドアにもたれかかるようにしゃがんでいたその人物がおもむろに腰を上げた。

「お帰り」

待ち構えていたのは、吉野だった。

一瞬、圭一は自分の目を疑った。

「今までバイトだったのか？　試験は今日で終わりだろ。どうだった？」

いつもの口調で話しながら、吉野が歩み寄ってくる。

圭一は反射的にびくりと全身を強張らせた。

ほのかな外灯の明かりに照らされて、思った以上に体が大きく揺れた。顔を引き攣らせる圭一を見て、吉野が思わずといったふうに足を止める。

気まずい沈黙が二人の間に横たわった。

数メートルの距離を空けて向き合った吉野が、くしゃりと整えた頭髪に指を差し込んだ。僅かに俯き、何かを自分に言い聞かせるようにゆっくりと息をつく。

「――……急に来て、悪かった。お前、メールも返してくれないし、電話にも出てくれないから。ちゃんと話がしたくて」

圭一は狼狽えた。頭が酷く混乱している。

おろおろしながら、必死に思考をめぐらせた。

「……お、俺はもう、話すことはないから。そっちも、来週から試験だろ。こんなところにいないで、勉強した方がいい」

「お前に倣って、この一週間はこっちもヤケになって嫌ってほど勉強したんだ。今日一日ぐらい何もしなくてもどうってことない」

「……っ、で、でも本当に、吉野と話すことは何もないんだ」

「そりゃお前は一方的に言いたいことを言って逃げたからな。俺の話を聞こうともしないで」

吉野が不満そうに言い返してきた。圭一は思わず押し黙る。

「高槻のことなら、お前が想像しているような関係じゃないから」

「……え？」

伏せた顔を上げると、吉野が一瞬躊躇うような素振りをみせて口を開いた。

「あいつ、バイト先の先輩にしつこく言い寄られているんだ。それで、いろいろと相談を受けていただけだよ。バイトを辞めた後も、まだいろいろとごちゃごちゃしてるみたいでさ。だから、この前のお前が見たあれもその話をしていただけだ。お前に『おめでとう』って祝ってもらうようなことは何もない。お前の勝手な早とちりだよ」

どこか怒ったように言われて、圭一は戸惑った。急に現れた吉野にまだ混乱しているせいか、言葉だけが耳に届き、なかなか内容が理解できない。

「俺も知りたいことがある」

「……？」

「もうこの際はっきりさせたい。お前は何であの時、泣いてたんだ？」

問われて、圭一はビクッと体を引き攣らせた。

「俺と高槻がもし付き合うことになったとして、それでどうしてお前が泣かないといけないんだよ。『おめでとう』って言えないのが辛いって、だからそれはどういうことなんだ？　親友になれないのは何で？　肝心な言葉をお前の口から聞いてない。自分でも話していて何か変だって気づかなかったか？」

「――っ、だから言ったじゃないか！　俺はおかしいんだってば！」

圭一は思わず叫んでいた。喉元で感情が爆発したかのような、自分でも驚くほどの大声だった。はあはあと息が上がる。脈拍も一気に跳ね上がる。

吉野と向き合えば、自分の感情のコントロールが利かなくなるのはわかっていた。——だから会いたくなかったのに。またみっともなく自分を曝け出してしまうのが怖い。

だが、一度吐き出し口が開いてしまうと、もう自分でも止めることができなかった。

「はっ、初めてだったんだ。吉野みたいに一緒にいるのが楽しいと思える友達ができて、俺はすごく嬉しかった。一度離れてしまったけど、再会して、今度は失敗しないように自分で心に決めたんだ。俺、吉野のためなら何でもできると思ってた。それくらい、吉野は俺にとってかけがえのない人だから。吉野に彼女ができたら真っ先に喜んでお祝いするつもりだったし、もしフラれたら、ちゃんと親身になって相談に乗るつもりだった。本当だよ。でも、いざ高槻さんとそうなるかもしれないってなった時、やっぱり素直に喜べない自分がいて、どうしていいのかわからなくなった」

黙って圭一の話を聞いていた吉野が、静かに口を開いた。

「高槻のことは、お前の勘違いだって話しただろ」

「だけど、いずれは誰かとそうなるだろ？　その時も、俺はまた同じことを繰り返すんじゃないかと考えたら、自分が恐ろしくなった。この辺がずっと苦しくて、時々息もできなくなって、吉野の顔を見るのが辛い。俺、このまま吉野の傍にいたら、この先どうなるかわからないから……っ」

胸元を掻き毟り、圭一は喘ぐようにして息を継いだ。ふいに目頭が熱くなり、鼻の奥にツンとした痛みが走る。

「吉野が前に言っていただろ？　吉野には俺以外にもたくさん友達がいるけど、俺には吉野しかいない。だから、いろんな感情が全部吉野一人に集中してしまうんだ。よく考えると、それってすごく重いことだよ。異常だと思う。俺はそういうものを今までずっと吉野に押し付けてきたってことだろ？」

吉野が何も言わずに傍にいてくれたから、圭一はその優しさに甘えていたのだ。

それだと駄目だ。いつまで経っても対等な関係にはなれない。自分はずっと、吉野から頼られる人間になりたかったはずだ。吉野の力になりたい。相談を受けたらきちんと役に立つアドバイスをしたい。吉野が恋をしたら、余裕を持って笑顔で応援したい。

そのためには、今の圭一のままでは駄目なのだ。もっと視野を広げて、人に興味を持ち、吉野に心配されないくらいのコミュニケーション能力を身につける必要がある。

この圭一の決心に、吉野も賛同してくれるはずだった。

「だから、俺は吉野のような友達を作ろうと思う」

「――は？　何言ってんだ」

急に荒っぽい口調が返ってきて、圭一は予想外の反応に戸惑った。感心した表情を期待したのに、なぜか吉野の顔は苦虫を噛み潰したように歪んでいる。話下手の圭一ではなかなか上手く意図が伝わらなかったのかもしれない。

「俺は今までずっと吉野しか見てなかったけど、これからは吉野みたいにちゃんと向き合える友達を他にも探すつもりだ。そうすれば今まで吉野一人に執着していたものが分散されて、たぶん普通の友人関係が築けるようになると思うんだよ。もうこんなおかしな話を言い出すこともないと思う。だから吉野」

圭一は吉野を見つめた。感情が昂って視界がゆらゆらと揺れている。一度鼻を啜り、ありったけの気持ちを込めて懇願した。

「俺のことを嫌わないでほしい。吉野に、これからも友達でいてほしいんだ！」

沈黙が落ちた。

シンと静まり返り、靴底がジャリッとコンクリートの砂を噛む微かな音が鳴る。

「……勘弁しろよ」

吉野が吐き捨てるように言った。

「何でそんな方向へ話が飛ぶんだよ。友達？　マジで一回くらいそのモサモサ頭を思いっ切り殴ってやりたくなる」

「……っ、ご、ごめん」

キッと吊り上がった目に睨みつけられて、圭一は思わず怖気づいた。

親友にはなれないとあれだけ取り乱しておきながら、これからも友達でいてほしいと頼む圭一の図々しさを、彼は嫌悪したのかもしれない。

「やっぱり、友達は無理だったよな」

「そういうことを言ってるんじゃない」

苛立ったように返されて、圭一はいよいよわけがわからなくなった。

「お前のその頭の中身はどうなってんだよ。涙目で何を言い出すかと思えば、真剣な顔してバカみたいなこと言い出して。本気で言ってんのか？　だったらそれこそおかしいぞ」

吉野がゆらりと動く。圭一はビクッとしたが、もう吉野は躊躇うことなく一気に距離を詰めてきた。圭一の二の腕を掴んで、揺さぶりながら訊いてくる。

「お前はさ、一体何がしたいんだよ」

「……？」

「俺に本当はどうして欲しいんだ。そんなうるうるした目で見るな。こっちが泣きたい気分だ。お前のせいで俺は振り回されっぱなしだよ」

ぐしゃぐしゃと吉野が乱暴に自分の頭髪を掻き毟る。

酷く苛立っているのは伝わってくるものの、圭一には何をどう答えれば彼の機嫌をこれ以上損ねずに済むのかがわからない。

「俺が知りたいのはそんな突拍子もない友達計画じゃない。お前の本当の気持ちだよ。俺が気づいてんのに、何で本人がそこを素通りしてまた友達に戻ろうとしてんだよ！」

「――！」

二の腕を掴む手に力がこもる。半袖から剥き出しになった肌に指がきつく食い込む。

圭一は激しく動揺した。

「……俺の、本当の気持ち……？」

「いつまでとぼける気だよ、バカ！」

強引に圭一の顔を覗き込んできた吉野が睨み付けるようにして言った。

「考えろ。お前が俺を独占したいのは、それは本当に友情か？　高槻の頭を撫でている俺を見て、嫌だと思ったんだよな？　ただの男友達相手にそんなこと思うか？　俺だったら思わねえよ。友情と恋愛は別だろ」

「……………」

「友達や親友って、俺が最初にそう言ったから、お前も自分に言い聞かせるように繰り返してるけど、もうお前のそれは友情のレベルをとっくに超えてるんだよ」

「友情を超えてるって、どういうことだ？」

益々わからなくなって、圭一の頭は完全に混乱していた。

吉野が一瞬口ごもる。バツが悪そうに頭を掻き、小さく息をついた。

「そうだよな。もとはといえば、俺が悪かったんだよな」

「吉野……？」

「最初は、世間ズレしてないお前が友情と恋愛を完全に履き違えていると思い込んでいたんだ。だからとにかくあの時は、俺以外の誰かと知り合って視野を広げた方がいいんだと考えてた。そうしてやるのが俺の役目だと思ってたんだよ。お前、全然友達いないし。高校の頃からちょっとズレてるところがあったしさ。だから俺が教えてやらなきゃって、勝手に使命感みたいなものを抱いていたんだと思う」

吉野が僅かに伏せた顔を上げた。圭一を真っ向から見つめてくる。

「でも、そうじゃなかった。間違ってたのは俺の方だ。お前は最初から俺のことを好きだって言ってくれてたのに、その気持ちを全否定して、勘違いだって一方的に終わらせて悪かった。お前はやっぱり――……俺のことが好きなんだよ」

「！」

ひゅっと思わず息を呑んだ。ゆるゆると見開いた視界いっぱいに、真剣な吉野の顔が広がった。

「お前は、俺のことが好きすぎてどうしようもないんだよ。友情なんかいつの間にか飛び越えて、恋愛になってたんだ。それなのに、俺みたいな友達を作る？　言っとくけど、俺の代わりなんてどこにもいないからな。そんなヤツ、いくら探したって見つけられるわけないだろうが」

ペシッと軽く頭をはたかれた。

じゃれ合うような優しい手つきだった。いつもとは違うそれに、なぜか胸がきゅっと詰まったように苦しくなる。

「俺は、吉野のことを考えると嬉しくなるんだ。会いたくなって、触れてみたくもなる。キスの練習の時も、本当はすごくドキドキしてた。吉野は気持ち悪いって言ったけど、俺はそうは思わなかった。だけどそれが普通の感覚なんだと気づいて、ショックだった。自分は普通じゃないのかと考えたら、木下さんとはキスができなかった。たぶん、他の誰とも俺はできないと思う。どうやったって、吉野の顔が浮かぶと思うんだ。それってやっぱり変なのかな？」

「いや。それはそれできっと普通なんだよ。お前が俺を好きだってことだろ？　だから他のヤツとはキスしたくないんだ。どこも変じゃない。むしろ自然な気持ちなんじゃねえの？」

諭すように言われて、圭一は目から鱗が落ちたような気分だった。――変じゃない？　このもやもやとした胸のざわめきも、苦しさも。舞い上がってしまうような喜びも、嬉しさも。だったら、吉野に向かうこれらすべての気持ちを何と表現すればいいのだろう？

「恋だろ」と、吉野が言った。

「……これが恋？」

「そうだよ」

少し呆れながら、吉野がどこかほっとしたように笑う。

「――そうか。俺は吉野に恋をしていたのか」

言葉にした途端、ぶわっと胸の底から何か熱いものが込み上げてきた。

「でも、その……っ、吉野は、俺のこんな気持ちを聞いて、気持ち悪くないのか？」

おずおずと訊ねると、吉野が不本意そうに「は？」と言った。

「そんなわけないだろうが。この状況で何をまた面倒臭いことを言い出すんだ。大体そう思ってたら、わざわざお前に会いにここまで来るかよ」

ピンと額を指で弾かれる。

「俺は今、お前が木下とキスしてなくてよかったって本気で思ってるんだからな。本音を言うと、お前が木下と付き合い始めてから、正直何だか面白くなくてさ。お前が一番懐いているのは俺だと思ってたから、その特別感を木下に取られてちょっと寂しかったんだよ。だから、ノロケ話とかマジで勘弁してくれって思ってた。イライラしたし」

吉野がバツの悪そうな顔をして苦笑を浮かべた。

「だけど、お前は木下よりも俺と一緒にいたいとか言い出すし。木下の話は冷静に淡々と喋ってるくせに、俺がお前んちに行ったら、待ってましたとばかりに飛び出してくるし。俺の寝顔をじっと覗き込みながら、『カッコイイ』とか言ってるし」

「――！　お、起きてたのか」

圭一はぎょっとした。吉野がにやっと人が悪そうに笑う。

「あんなに真上からまじまじと覗き込まれたら、おちおち寝てらんねえよ。帰るって言ったら、泊まっていけって引き留めるし。断ると、しゅんと寂しそうに項垂れて落ち込むし。こっちもお前のその仕草をどう受け止めたらいいのかわかんなくて、散々ぐるぐるしたんだからな。お前は何を考えているか全然わかんないし、常識が通用しなさそうだから、俺だけ先走ってもバカみたいだろ。そうかなと思っても、実はお前にはまったくその気がなくて、これは恋じゃないって冷静に返されたら俺はどうすればいいんだよ。立ち直れねえぞ？」

照れ臭さを誤魔化《ごまか》すような口ぶりで言いながら、吉野は圭一のクセ毛に指を突っ込んでわしゃわしゃと掻き混ぜた。

「お前にはそれは恋愛じゃないって散々否定しておきながら、俺自身が自分の気持ちがよくわからなくなってきてさ。ぐるぐるしてる心にきちんと整理がつくまで、お前とは会わない方がいいと思ってた。そうしたら突然お前がバイト先にまでやってきて、泣きながらもう会わないって言い出すだろ？　あれには焦った。自分の気持ちと最初から正直に向かい合ってたのはお前で、俺はお前の恋愛感情を否定するばかりだったのに、いざお前にいらないってそっぽ向かれて、ようやく気づいたよ」

うねる髪の束を摘んで軽く引っ張っていた吉野が、ふと表情を曇らせる。

「お前の気持ちから逃げて悪かった。たぶん、怖かったんだ。俺もお前のことは特別に思ってたからさ。お前と再会できて俺だってすごく嬉しかったんだよ。だから、友情を壊したくなかった。お前の気持ちを誤魔化すのに必死だったんだ。臆病でごめん」

唐突に謝られて、圭一は戸惑った。

「よ、吉野？」

「でも、もう大丈夫だ。自分の気持ちがはっきりわかったから」

きっぱりと吉野が言う。

「同じ男なのに、どういうわけかお前のことがかわいいんだよ。表情が乏しいお前が、ちょっとずつ何を考えているのかわかるようになって、正直嬉しかったたし。俺に笑いかけてくるお前を見たら、何だかこっちも嬉しくなるし。必死に考えて見当違いな答えに辿り着くところも、腹は立つけど愛しくなっちゃうんだよな」

頭をぽんぽんと撫でられた。

「俺も、圭一のことが好きだよ」

「え？」

咄嗟に圭一は訊き返していた。途端に吉野がきゅっと眉根を寄せて、バツが悪そうに形のいい唇を歪めてみせる。

「そんなきょとんとした顔すんなよ。聞こえてただろ？　俺もお前が好きなの」

そう言って、吉野は照れ臭くなったのか、気恥ずかしそうにそっぽを向いてしまう。

圭一は俄に自分の耳を信じられなかった。

だがその時、ふと脳裏に高校時代の吉野の姿が蘇る。一途な彼がどんなふうに人を想い続けるか、一番近くで彼を見ていた自分はよく知っていた。

あの眩しいくらいの熱量を、今度は圭一に向けてもらえるのだろうか。くすぐったくて切なくなるようなあの笑顔を、今度は圭一のために見せてもらえるのだろうか。

「……嬉しい」

「え？」

「嬉しいんだ。俺、今すごく嬉しくて……まっ、また、涙が出そうだ……ふ、っく」

感極まって、涙腺が決壊した。

「おっ、おい？」

ぼろぼろと泣きじゃくる圭一を前に、吉野が焦ったような声を上げる。狼狽えながら、小さく息をついた。

「まったく、仕方ないな」

圭一の後頭部に手を添えると、そっと自分の胸元へ引き寄せた。

「すぐ泣くけど、やっぱかわいいわ。髪はもじゃもじゃだけどな」

背中に両腕を回し、ぎゅっと抱き締めてくる。

「――！」

びっくりして、涙が引っ込んでしまった。代わりに体温がぐんぐん上昇して、首筋から上ってきた熱があっという間に顔全体に広がる。カアッと火を噴いたみたいに熱くなった。

心臓が物凄い速度で脈打っている。この音が吉野にも聞こえているんじゃないかと思う。

「なあ、圭一」

初めて聞くような甘ったるい声に呼ばれて、圭一は酷くむず痒い気持ちでおずおずと視線を上げた。

すぐ傍から吉野が見下ろしてくる。今までに見たことのないくらい優しい目だ。

「お前の友情も相当重いけど、俺の愛情はそれよりもっと重いかもしれないぞ。何せ、俺は誰かと付き合うのは初めてだから。それも自分が好きになった相手だ。俺の想いの全部がお前に集中する」

「吉野のだったら、俺は全部受け止める自信がある。大丈夫だ、思う存分ぶつけてくれ」

答えると、吉野が驚いたように目を大きく瞠った。

そしてすぐに眉と目尻を下げて、くつくつとおかしそうに喉を鳴らし始める。口元のほくろが上機嫌に揺れる。

「さっきまで泣いてたくせに、何言ってんだよ。やっぱりわけのわからないヤツめ」

吉野の軽口は愛情表現にしか聞こえなかった。ふいに前髪を掻き上げられたかと思うと、かわいくて仕方ないとばかりに額にキスをされた。

「――！」

「何を驚いてんだよ。そんなもんじゃ済まないぞ。この一週間、俺は悶々《もんもん》として過ごしたんだからな。お前、明日から夏休みなんだろ？　――今日は、泊まっていってもいいか？」

「……っ」

戸惑いながらも、圭一はこくんと頷いた。

ふわっと嬉しそうに笑った吉野の顔がゆっくりと迫り、やがて視界いっぱいに広がる。

その日、吉野と初めてキスをした。

▼9▲

キスには二種類ある。

触れるだけのものと、それ以上のもの。

朧《おぼろ》ながら知識としては知っていたけれど、実際に経験したことはもちろんない。

もし自分にもそういう機会が訪れることがあれば、その時はやはり順序立ててゆっくり段階的に学んでいくものだと思っていた。

しかし、吉野は違った。

「……んっ……ふ……んぅ……はぁ、はぁ、ちょ、ちょっと待って、吉野……んんっ」

短い息継ぎを挟んで、再び吉野の舌が圭一の口の中に差し入れられる。

先ほど初めて唇が触れ合うキスをして、圭一は舞い上がっていたばかりだ。いつまでも外で話すのも何なので、急いで部屋の鍵を開けた。部屋に入った途端に、どういうわけか吉野が豹変《ひょうへん》してしまったのである。

いきなり背後から抱き締められたかと思うと、顎を掬われて強引に唇を奪われた。

「……はふ、んんぅ」

吉野の舌が唇をつつき、あっという間に歯列を割って圭一の口腔《こうこう》へ侵入してきた。ぬるりとした感触に粘膜を舐められる。

舌同士が触れ合って、驚いた圭一は咄嗟に自分のものを引っ込めた。

だがすぐに吉野が奥まで追いかけてきて、怯える圭一の舌を器用に搦《から》め捕《と》ってしまう。引き摺り出されて、きつく吸われた。

「んっ！」

びりっと痺れるような感覚が舌の付け根を伝って全身を駆け巡った。

びっくりした圭一は思わず肘を使って吉野の胸板をぐっと押し返す。

「……どうした？」

一旦唇を離した吉野が、濡れた声で訊いてきた。

圭一は息を乱しながら、無理な体勢で捻っていた首を元に戻す。まだ舌がじんじんと痺れていて、体中の血液が沸騰したように熱い。

「うっ……あ、その、吉野は、急すぎる……」

「え？」

「俺は、初心者なんだから、もっと、ゆっくりやってくれないと……ドキドキしすぎて、心臓がおかしくなりそうだ」

吉野が押し黙った。

呆れられてしまっただろうか。手馴れた吉野と比べて、圭一はキスの手順すら知らず、口の中を舌でまさぐられる感覚に今まさに衝撃を受けたところだ。吉野が執拗に唇を貪るので酸素不足の頭はぼうっとして、足元も少し覚束ない。

「俺は、吉野みたいに上手くできないし……キスが、あんなすごいものだとは知らなくて、体が、さっきから何か変だし……」

「……わかってないな」

頭上でぼそっと吉野が言った。いきなり圭一の手を掴むと、そのまま自分の左胸へ引き寄せる。手のひらをTシャツ越しに押し当てた。

「どうだよ？」

自分の心音を聞かせながら、吉野が訊いてきた。

圭一は手のひらから伝わってくる力強い脈動に目を瞠る。

「……すごく速い」

「だろ？　お前だけが緊張してるわけじゃない。俺だって、お前と同じだ。これが初めてみたいなもんだよ。好きな相手とするのは正真正銘、今が初めてなんだから」

「――――！」

顔を上げた圭一を、吉野が照れ臭そうに見つめていた。

「嬉しすぎて少しぐらいがっつくのは許してくれよ。お前がかわいくて仕方ないんだ。怖がらせないように精一杯優しくするから、逃げないでくれ」

彼の切羽詰まったような声を聞いていると、途端に胸が詰まってきゅうっと切ない音を立てた。

吉野を見上げて、懸命に首を左右に振った。

「ごめん、ちょっと驚いただけだ。逃げるわけない。俺だって、吉野が好きなんだ。こういうの、初めてだけど……俺も嬉しいから」

「……もう、何なんだよお前は」

突然、吉野が小さく唸った。何かを持て余してじれったそうに、目を眇めてみせる。

「俺、何かおかしいことを言ったか？」

「いや、自覚がないってすげえなと思っただけだ。お前、こんなにかわいかったっけ？　少なくとも高校の時はそんなふうに思ったことはなかったのにな」

吉野が長い腕を広げて、圭一を抱き締めてきた。大事に包み込むようにしてぎゅっとされると、ぴったりと密着する心地好さに鼓動が跳ね上がる。ふいに圭一の下肢に何か硬いものが押し付けられた。

不思議に思ってちらっと目線だけを下に向ける。盛り上がっている吉野の股間を見てぎょっとする。

「……よ、吉野。な、何か、当たってる」

思わず腰を引いた。自分までがもじもじと太腿を擦り合わせてしまう。

「誰のせいだと思ってんだよ」

逃げを打った圭一の腰を吉野が再び引き寄せた。今度はぐっとあからさまな意図を持って股間を密着させてくる。

「！　吉野、待っ、待って……っ」

「優しくするけど、お預けは無理。もう待てない」

「あ、ちょ、んっ……んんぅ」

言葉ごと吉野の唇に奪われてしまい、すぐさまいやらしい舌が圭一を翻弄し始めた。


吉野は勝手に六畳間に布団を敷くと、そこへ圭一を寝かせた。

キスを交わしているうちに、いつの間にか圭一は裸になっていた。首と腕を引き抜いたTシャツが丸まって台所に落ちている。布団の傍にはチノパンと下着が絡まって脱ぎ捨ててあった。

口の粘膜を散々掻き回されてぐったりとする圭一の前で、吉野が急《せ》いたように自分のTシャツを脱ぐ。

圭一はとろんとした目でその様子を見つめながら、吉野は着痩せするタイプなのだなと思った。細身だが付くべきところにはしっかりとしたしなやかな筋肉がついている。自分の貧弱な体と違い割れた腹筋と引き締まった腰がかっこよくて、思わずぞくっとしてしまう。

ジーンズとボクサーパンツまで取り払った吉野が、おもむろに圭一に覆い被さってきた。

「男は初めてだけど、一応勉強したから」

圭一のうねった髪を優しく掻き上げて、伸び上がった吉野が額にキスを落とした。

続いて瞼に口づけられる。目尻、頬、鼻の頭、唇、顎、首筋……。

「……っ」

浮き上がった鎖骨をなぞるように唇を這わされて、圭一はくすぐったさに身を捩《よじ》った。唇は徐々に下がっていき、やがて胸の小さな尖りに吸いつく。

「んっ」

普段はあまり意識していないそこを、吉野が執拗にいじり始めた。片方を舌で舐《ねぶ》って、もう片方は指で摘まれる。

最初はくすぐったいだけだった愛撫が、次第にむず痒さに変化し、ざわっとさざなみが立つように肌の内側にまで広がっていく言い知れない感覚に苛《さいな》まれる。

指先ですり潰すように突起をいじられて、圭一はぶるっと身震いをした。

「あっ……そ、そこはもう、いいから……んっ」

「気持ちよくなってきたか？」

吉野が嬉しそうに言って、益々尖りを舌で虐《いじ》めてくる。飴玉のように舐り、指の腹で捏《こ》ねるように刺激されると、圭一はびくびくっと全身を戦慄《わなな》かせた。乳首を触られただけなのに全身が熱く火照《ほて》ってぞくぞくしてくる。下腹部が重くなってきて、思わずシーツを掴んだ。

「あ……も、もう、そこはヤダ……ふっ、あ」

「ここじゃなくて、どこを触って欲しいんだよ」

胸を構っていた手がふいに脇腹を撫でた。

しっとりと汗ばんだ肌を他人の体温に触れられて、ぞわっと産毛が逆立つ。吉野の手のひらがゆっくりと肌を撫で回しながら下がっていく。

「……こっちか？」

「ひっ」

敏感な中心を軽く握られて、圭一は思わず腰を跳ね上げた。

頭上で吉野が吐息だけで笑う。

「お前もちゃんと勃ってるな。胸をいじられて感じたか？」

「あっ、……ん、ふぅ……っく」

ゆるゆると屹立を扱かれて、甘い愉悦が込み上げてくる。すぐに息が上がって、眩暈がした。

必要に迫られて自分ですることを覚えた当時から、トータルで数えても自慰の回数は少ないと思う。最近は考えることが多すぎて、自分でそこを触ることすら忘れていた。

吉野に触られて、溜まっていたのだと自覚する。他人の手でやってもらうのはもちろん初めてのことで、予測不可能な手の動きに翻弄される。弱いくびれの部分を親指で擦られ、鈴口をくじられると、覚えのある快楽が一気に下肢に集中し始めた。

「んぁっ、ダメだ、吉野……っ、はふ……で、出る……離して、もう出そうだから……っ」

「いいよ、一回出しちゃえよ」

離してくれと頼んだのに、意地悪な吉野は楽しそうに圭一の昂りを扱き続ける。情欲を煽る緩急をつけた動きから、一転して極みに追い上げる忙しいものへと変化した。ぬるぬると先端から溢れ出した粘液と一緒に擦り上げられる感覚が、また堪らない。

「はあ、はあ、ふ……んぁ、ぁ、あぁっ！」

ぶるっと全身を引き攣らせて、圭一の劣情から白濁が噴き上げた。

射精後の脱力感に四肢を投げ出す。頭が真っ白になって、薄暗い目の前までぼんやりと靄《もや》がかかったように霞んで見えた。

馬乗りになった吉野が放心状態の圭一を見下ろして、言った。

「……凄い眺めだな。いっぱい撒き散らして、すげえいやらしい」

窓から差し込む微かな月明かりに照らされて、彼がにやりと笑ったのがわかった。

射精する瞬間、吉野が手で受け止めてくれたようだが、それでも足りなかったらしい。勢いよく噴出した精液は圭一の胸元まで飛び散っていた。

「……あ、手。ごめん。ティッシュが、そっちに……」

「いや、いいよ。これを今から使うから」

「え？」

意味のわからないことを言った吉野が、いきなりその汚れた手で圭一の下肢を触ってきた。

「な、何？　ぁうっ」

達したばかりの性器を越えて、更にその奥、尻の狭間《はざま》の窄《すぼ》まりに指を這わせてきたのだ。

ぬるっとした感触に固く閉ざした後孔を押し上げられて、驚いた圭一はびくっと体を硬直させた。

「……ぅんっ」

軽く膝を立てた奥に、圭一の精液のぬめりを借りて、吉野の節張った指が入ってくる。自分でも触ったことのない場所に異物が挿入される違和感は途轍もなく、咄嗟に下肢に力を入れた。

「あんまり締め付けるなよ。ここをちゃんとほぐさないと、お前が辛くなるんだぞ？」

吉野が優しく宥めるような声で言う。敏感な太腿の内側を撫でながら、中の指が粘膜をくすぐってくる。

「大丈夫だから、力を抜けよ」

「……っ、う……ん」

ぬるぬると抜き差しされる指の感触を、圭一は目を瞑って堪えた。

男同士の性交渉がどういうものかは、圭一も知識としては知っていた。たまたまテレビ番組で見たのだ。あの時はまさか自分も同じ経験をするとは想像もしていなかったから、ただ何となく流し見しただけだったけれど、少しでも情報を持っていてよかったと思う。何も知らずにいきなり後ろに指を差し入れられる恐怖感は、きっと半端ではないだろう。

指の動きがだいぶなめらかになってきた。一本が二本に増えて、狭い肉壁を押し広げるようにしながら襞《ひだ》を掻き混ぜる。

最初は初めて経験する異物感が気持ち悪かったが、粘膜を擦られているうちにだんだんと別の感覚に摩り替わっていくのがわかった。苦痛の息遣いに徐々に色が混ざり、指の抽挿《ちゅうそう》に合わせて勝手に腰が揺らめいてしまう。

「そろそろ、いいかな」

「……ん」

時間をかけてほぐした後ろから、吉野の指がずるりと引き抜かれた。指の形を覚えてしまったそこが空洞になり、圭一の半開きの唇から思わず切ない吐息が漏れる。

突然、吉野が圭一の股を大きく割った。膝裏を掬い上げるようにして両脚を担ぐ。急に腰が浮き上がり、先ほど散々いじられた場所が吉野に丸見えになる。

「圭一、入れるぞ」

切羽詰まった声が聞こえた次の瞬間、後孔に熱い切っ先が押し当てられた。

「う、ぁあっ」

物凄い圧迫感が下肢を襲う。狭い肉襞を掻き分けるようにして捩《ね》じ込まれたものは、何もかもが指の比ではなかった。粘膜が限界まで引き伸ばされて、めりめりと裂けるような痛みと共に吉野の昂りが入ってくる。

「ひっ、ぁ……っく、痛……っ」

目を見開き顎を跳ね上げて、喉を引き攣らせた。反射的に腰が逃げを打ちそうになるが、担ぎ上げられているので動けない。体が強張り、咄嗟に力む。

くうっと吉野が呻《うめ》いた。

「さすがにきついな。圭一、頼むから少し力を抜いてくれ。できるだけゆっくりするから」

そうは言われても、どうしていいのかわからない。吉野を銜《くわ》え込んだそこはじんじんと腫れ上がったように痛み、苦しくて涙が零れた。

「……今日はやめておくか」

ふいに動きを止めて吉野が言った。

「初めてだし、焦って最後までしなくても、これからゆっくり……」

「い、嫌だ」

圭一は必死に首を左右に振った。

「俺は、大丈夫だから。吉野……最後まで、したい。お願いだから……っ」

息も絶え絶えに懇願すると、吉野が一瞬言葉を失くしたように黙り込んだ。

「――……バカ。そんなふうに煽るなよ。我慢がきかなくなるだろ」

困ったような顔をしてみせる。「知らないぞ」と、吉野が再び腰を進めてきた。

「ふあっ、あ、……んんっ」

「息を止めるなよ。ゆっくりでいいから、ちゃんと呼吸をしろ」

圭一はこくこくと頷きながら、懸命に空気を貪った。

吉野が萎《な》えてしまった圭一の中心に手をかける。ゆるゆると扱かれて、甘い疼《うず》きが股間に戻ってきた。喘ぐ圭一の様子を気遣いながら、吉野が少しずつ自身を埋め込んでくる。たっぷりと時間をかけて、ようやくすべてを納め切った。

「大丈夫か？　全部入ったぞ」

「……っ」

薄い尻朶に硬い腹筋がぶつかる感触があり、ぶるっと胴震いをした。引き伸ばされた粘膜が、猛々しく脈打つ雄の熱と質量をリアルに感じ取る。本当に吉野を受け入れているのだと実感して、歓喜が込み上げてきた。

「悪い、泣くほど痛かったか？」

圭一の汗で肌に貼り付いた髪を指でそっと散らしながら、吉野が申し訳なさそうに訊いてくる。

「ち、違う。この涙は、嬉しくて……」

正直に答えた圭一の言葉に、吉野が面食らったような顔をして笑った。

「だから、あんまり煽るなって。お前、本当にタチ悪いぞ。……なあ、動いてもいいか？」

「……っ」

頷くと、吉野がゆっくりと腰を引いた。

「ん、あ……っ」

内臓が引き摺り出されるような感覚に襲われて、圭一はびくびくっと下肢を痙攣《けいれん》させる。慎重な動きで腰が押し戻り、また引いてゆく。何度か控えめな律動を繰り返されるうちに、じわじわと腰の辺りに熱が溜まり始める。

ゆらゆらと揺すられて、自分が放り出されるような感覚が怖くて思わず手を伸ばした。その手を吉野が掴んで、自分の背中に回させる。

汗ばんだ肌に縋りつくようにして抱きつく。

吉野の腰の動きが徐々に大胆になっていった。速度が上がり、粘膜を激しく擦り上げられる。敏感な最奥《さいおう》を突き上げられて、ぞくっと甘い痺れに嬌声《きょうせい》を上げた。

「ぁあっ、んぁ、ぁっ……んんっ」

浅い部分にある快感の坩堝《るつぼ》を集中して攻められたかと思えば、思い立ったように奥まで一気に貫かれる。

力強い律動に揺さぶられて、腹につくほど反り返った屹立が二度目の射精を迎えようとしていた。

「あ、ふ……あぅっ」

「お前の中、凄いことになってるぞ。うねうねと俺に絡み付いてくる。くそっ、やばい。持ってかれそうだ」

はぁはぁと吉野が気持ち良さそうな吐息を漏らし、益々激しく腰を打ち込んでくる。

「ああ、ぁン……っ」

「圭一、かわいい。すげえ好きだ」

「あ、俺も、好き……吉野のことが、大好き……ああっ」

逞しく張り出した先端で最奥をぐうっと押し上げるようにして、吉野が伸び上がった。

咬みつくみたいに圭一の唇に口づけてくる。

「んんっ、は……んぅ」

圭一も自ら舌を差し出して夢中で絡め合った。口の中からも甘く蕩《とろ》けるような快感を送り込まれて、初めて味わう愉悦にふわふわと体が攫《さら》われ溺《おぼ》れてしまいそうになる。

「ん、もっと……っ」

まるで自分の声ではないような甘ったるい要求に、吉野が苦笑した。

「何も知らないような顔して、意外とエロかったんだな。そういうとこも、かわいいけど」

「あ、あっ」

激しい抽挿にがくがくと揺さぶられた。

目の前がチカチカとしてひっきりなしに嬌声が零れる。

一際激しく突き上げられた瞬間、視界に火花が散った。

「ああ！」

びくびくっと全身が痙攣して、根元まで銜え込んだ吉野をきつく締め付ける。「うっ」と低い呻き声がした直後、吉野も達していた。

圭一の中にすべてを注ぎ込んで、吉野がどさっと覆い被さってくる。

「……あー、どうしよ。すげえ幸せ……」

耳元で囁かれて、頬にキスをされた。

深い絶頂の余韻に浸りながら、圭一は俺もだと思いながら、愛しい背中を抱き締めた。

▼10▲

十月に入るとぐっと気温が下がり、一気に秋らしくなった。

長い夏休みが終わって、大学ではすでに後期授業が始まっている。

今日は朝からしとしとと雨が降り、シャツ一枚だと寒いくらいだ。圭一は少し大きめのカーディガンを見下ろし一人にんまりしてから、講義室を後にする。

建物の外に出ると、雨は止んでいた。

講義が始まる前は土砂降りだったので、晴れ間が覗く空を見上げてホッとする。

吉野は晴れ男なのかもしれない——そんなことを思いながら、圭一はいそいそとカフェテリアへ向かう。

今、吉野が大学に遊びに来ているのだ。

休講が重なって大学に行く必要がなくなった彼は、今朝になって急に圭一の大学に行きたいと言い出したのである。

午前中の授業が終わった後に、圭一は急いで正門まで彼を迎えに行った。待ち合わせた場所で吉野はちゃんと待っていて、女の子にナンパされていた。

——吉野！

——あ、やっと来た。それじゃ、ツレが来たから行くわ。

えー、と残念がる女の子たちから逃れて、吉野は圭一のもとへ駆け寄ってきた。

――……何やってたんだ。

じいっと疑わしい目で見つめると、吉野が少し意外そうに目を瞬かせた。

――別に、話しかけられたからちょっと話してただけだよ。何だよ、ヤキモチ焼いてくれたのか？　心配しなくても興味ないから。俺が一途なのは、お前もよく知ってるだろ？

どこか嬉しそうに言ってみせた彼の言葉を思い出して、圭一は我知らず頬を弛ませた。

「おう、青柳！」

背後から呼ばれて、圭一は歩みを止めた。

振り返ると、手を上げた蛍川が寄ってきた。

「こんにちは」

「もう今日は終わりか？」

「はい」

「そういえばさっき、本屋で吉野クンを見かけたぞ？」

「え、本屋にいるんですか？」

カフェテリアにいるものとばかり思っていたので、圭一は慌てる。

「いや、ちょっと前のことだから。もう移動してるかも。やっぱりお前と待ち合わせしてたんだ？　仲良しだなあ」

蛍川にそんなふうに言われると、妙に照れ臭かった。

「……何か、ちょっと変わったか」

「え？」

「いや、いい顔で笑うようになったなって思ってさ。前はほとんど笑った顔なんか見せなかったのに。これも吉野クンパワーかな。本当によかったよなあ、親友と再会できて」

大きな手のひらをぽおんぽおんと圭一のクセ毛の上でリズミカルに跳ねさせる。

「じゃあな、吉野クンによろしく」

これからまだ講義が残っている蛍川は足早に去っていった。

体格のいい蛍川の後ろ姿を見送りながら、自分はそんなにわかりやすく笑っていたのかと考えて恥ずかしくなる。だが、それが吉野のおかげだと言われれば、圭一も素直に納得できた。圭一がいい方向へ変わったというのなら、もちろんそれは吉野の影響以外ありえない。

「吉野、どこにいるんだろう」

待ち合わせはカフェテリアだったが、念のために確認を入れた方がよさそうだ。

鞄から携帯電話を取り出そうとして、うっかりもう片方の手に抱えていたプリントを落としてしまった。

「あ」

声を上げた時にはもう遅かった。雨で濡れた地面にプリントの束が張り付いているのを見て、圭一は後悔した。横着《おうちゃく》をせずにきちんと鞄にしまえばよかった。つい、吉野が待っていると思うと気が急いて、その僅かな手間を惜しんでしまったのだ。

半分水溜りに浸かってしまったプリントを見つめて、深々とため息を落とす。

講義中に配られたものだったが、教授が口頭で説明したことを書き込んでいて、すでに一番上のページの赤インクが滲んで読みづらくなっていた。

「それだと、もう使いものにならないだろ」

ふいにどこからか声が聞こえてきた。

圭一は驚いて振り返る。眼鏡をかけた背の高い青年が立っていた。

「これ、よかったらコピー取ってもいいよ。俺のだけど、板書《ばんしょ》と、あと教授が口頭で説明したこともちょっとは書き込んであるから。……青柳？」

名前を呼ばれて、はっと我に返る。

眼鏡の奥から不審そうな眼差しが圭一を見ていた。

「……あ、ごめん。あの、借りてもいいのか？」

「別にいいよ。俺、これから図書館に行くから。しばらくそこにいるし、終わったら持ってきてくれる？」

「うん！　すぐにコピーを取って、返しに行くから」

大きく頷くと、彼が一瞬面食らったように一歩後退った。

「じゃ、またあとで」

短く言うと、彼はすぐに行ってしまった。その後で、圭一は彼に名前を聞き忘れたことに気づく。

顔には見覚えがあった。同じ学部の同期生だ。入学時のオリエンテーションで少し話した記憶も朧に残っている。

「何だったっけ、名前……」

確か学生番号が前後だったので、その関係で彼から声をかけられたのだ。何だっただろうか？　青柳の後ろだから、ア行のはずだ。そういえば、魚の名前が付いていた気がする。

「あ……あ……アジ……じゃない。ア……ナゴでもないし、あ、あ、アユ……鮎！」

唐突に閃《ひらめ》いた。

「そうだ、鮎河《あゆかわ》だ」

思い出してすっきりする。向こうは圭一のことを覚えてくれていたのに、こっちが忘れているのはさすがに申し訳ない。親切にしてくれた相手の名前を思い出せてよかった。

「鮎河、あれから喋ってないけど、いいヤツだな」

「アユカワって誰だよ」

いきなり背後から聞き覚えのある声がして、圭一はびくっと振り返った。

「吉野！」

いつからそこにいたのか、不機嫌そうな顔をした吉野が立っていた。

「誰だよ、アユカワって」

細めた目に見据えられて、圭一は思わず狼狽した。別に隠すようなことは何もないが、この顔に凄まれるとドキドキしてしまう。

慌てて先ほどの鮎河とのやりとりを説明した。

「ふうん。いいヤツじゃん、アユカワ」

一部始終を聞いて納得した吉野が、びしょ濡れになった圭一のプリントを見て「バッチイからこれに入れろ」と、漫画雑誌が入っていた袋を広げた。圭一は言われた通りに泥水が滴《したた》るそれを突っ込む。

「カーディガン、汚れてないかな。吉野に借りたものなのに」

「大丈夫だろ。それより手を拭け。バッチイぞ」

駅前で貰ったという怪しい電話番号が印刷してあるポケットティッシュを渡されて、急いで汚れた手を拭いた。

「向こうは俺の名前を覚えていてくれたのに、俺はさっきようやく思い出したばかりで、自分が情けない」

少し落ち込んでいると、吉野がピンと圭一の額を指で弾いてきた。

「思い出したんだからそこはもういいだろ。これを返す時に何か話しかけてみろよ。オリエンテーションでは何を話したんだ？」

「えっと、確か鮎河が鞄の中に文庫本を入れていて、俺も暇潰し用に入れてたから、その話をちょっとだけしたような気がする」

「何だよ、最初から馬が合うヤツに出会ってたんじゃないか。それで友達にならないところがお前の不思議なところだよな」

吉野が呆れたように言う。

「よかったな。これをきっかけに友達ができるかもしれないぞ」

はっと顔を上げると、吉野がにやっと笑ってみせた。

「早くコピーを取って、図書館に行ってこい。俺はカフェテリアでこれを読んで待ってるから。ちょっとくらい遅くなってもいいぞ。友達の範囲内でなら、アユカワと仲良くするのを許す」

最後は冗談めかして、吉野が圭一のクセ毛を撫でた。

「みやげ話を持って帰ってこいよ。話なら聞いてやるから。頑張れ」

ペシッといつものように頭をはたかれる。

「うん。行ってくる」

笑った吉野が手の代わりに漫画雑誌を振ってくれる。

吉野と別れて、圭一は鮎河に借りたプリントを大事に鞄へしまう。

この大学に入学してからもう一年半が過ぎてしまった。別に友人がいなくても、今までそれでやってきたのだし平気だ。そう思う一方で、極々狭い世界に閉じこもって過ごしてきた自分を、そろそろ変えたいと思う気持ちが芽生え始めていることにも気づいていた。

しかし、今から新しく友達を作るとなるとなかなかにハードルが高く、ただでさえコミュニケーション能力の低い圭一にとっては至難の業《わざ》だ。

だから、このチャンスを逃すわけにはいかない。

吉野も応援してくれている。吉野から借りたカーディガンに背中を押された気がした。

「――よし」

いつの間にか灰色の雲が薄れて、水色の空が頭上に広がっていた。

圭一は急いで一番近い建物に向かう。

スニーカーの底が浮かれるように、小さな水飛沫を跳ね上げた。

これが恋だと知ってから

十七歳の吉野久志《よしのひさし》は恋をしていた。

当時、テニス部に所属していたショートヘアの彼女のことが好きで堪らなかった。

だが、吉野の恋は叶わなかった。二度彼女に想いを告げて、二度とも玉砕《ぎょくさい》している。

傷心の吉野を慰めてくれたのは、一人の同級生だった。

いつもつるんでいる仲間ではない。自分とはまったくタイプの違う、地味で真面目でおとなしい男子。知り合った当初はまったくいい印象を抱かなかったが、どういうわけか妙に馬が合った。彼には他の誰にも話せない彼女への想いを熱心に語った。相談にも乗ってもらったものだ。役に立つアドバイスは滅多《めった》に返ってこなかったが、それでも一生懸命に相槌《あいづち》を打って耳を傾けてくれる姿に励まされた。

当時の自分は随分《ずいぶん》と彼に甘えていたと思う。今でも感謝している。

高校卒業を機に、彼とは一旦遠ざかっていたが、今年になって偶然にも再会を果たした。

そして現在――吉野は彼と付き合っている。

いわゆる恋人同士というやつだ。

二十歳の吉野久志は、生まれて初めてできた恋人と恋愛をしている。

青柳圭一《あおやぎけいいち》と付き合い始めてから、四ヶ月が経《た》っていた。

通っている大学が違い、互いの自宅を訪ねるにも片道一時間程度かかる。

真面目な圭一は大学二年の後期になっても、うんざりするほど授業を詰め込んだ時間割を組んでいるので、昼間に誘ってもなかなかのってこない。

夜は夜でアルバイトをしているため、思ったように時間が合わないのが吉野の最近の悩みだった。

本音を言うと、もっとイチャイチャしたい。

赤面する圭一の顔を眺めてニマニマしたいし、少しずれた彼の思考回路に付き合って、存分に甘やかしてやりたい。人肌が恋しい季節だ。くっついたり、抱き合ったりしたい。

だがそんな吉野の気持ちも知らず、圭一は素っ気なかった。

予定を訊《き》いたら、今日もびっしり講義を受けた後、アルバイト先の自然食品店へ直行だという。今月に入ってからやけにシフトが増えた気がするが、個人商店なので人手不足なのだと言われてしまうと渋々受け入れるしかなかった。

しかし、もう五日も顔を見ていない。

付き合う前は、圭一の方からいそいそと吉野を誘ったり、健気《けなげ》に会いに来てくれたりしたのに——あいつは釣った魚に餌をやらないタイプなのだろうか？

「俺を放置か？　あのモジャめ。もさもさ頭を掻き回してやる」

向こうが忙しいと言うのなら、こっちから会いに行けばいい。

吉野は午前中の講義を受けた足で電車に乗り、圭一の通う大聖大学《たいせい》に向かった。

大聖大学は四年制の総合大学で、理系と文系でキャンパスが分かれている。圭一が在籍する経済学部は文系キャンパスだ。理系だと更に遠く倍以上の時間がかかるので、彼が文系でよかった。

何度か遊びに行くうちに、大学構内の大体の地図は頭に入っていた。

特に圭一は行動範囲が狭いので、ポイントを押さえておけば遭遇率が高い。

吉野が到着した時、すでに昼休憩は終わって三限目の真っ最中だった。

圭一はどこかの講義室で授業を受けているはずだ。それが終わるまで時間を潰そうと、吉野は目についた建物に入る。大学のいいところは、こうやって部外者がふらりと混ざっても誰にも何も言われないところだ。高校のように制服がないので、在学生と部外者の区別がつかない。おそらく吉野以外にも、この大学とは無関係の人間がその辺りを歩いていたりするのだろう。

エレベーターに乗り、三階に辿り着く。

ここには書店が入っていて、圭一が普段からよく出入りしている建物だ。初めて訪れた時に案内してもらって以来、吉野も彼を待っている間の時間潰しに利用させてもらっている。

メンズ雑誌を立ち読みしていると、ふと視界の端を人影が過《よぎ》った。

何とはなしに目線を上げる。思わず二度見してしまった。

文芸書のコーナーに、よく知ったもさもさ頭を見つけたからだ。

本棚に邪魔されて後頭部しか確認できなかったが、圭一に間違いなかった。今日も相変わらずくるくるしたクセ毛を眺めて、思わず頬が弛む。

授業中のはずだが、もしかしたら休講だったのかもしれない。

それなら最初からメールで確認しておけばよかった。真面目に講義を受けているところを邪魔したら悪いと思って遠慮したのに。

吉野はいそいそと移動を始めた。背後から急に声をかけて驚かしてやろうか。圭一は声こそ上げないが、驚くと目を大きく見開いてビクッと全身を震わせる。その怯えた感じが何とも言えずかわいいのだ。更には吉野だとわかると、ほっと気を抜いたように顔をほころばせる。吉野にだけ見せる安心し切った仕草が堪らなかった。

うきうきと本棚を迂回して静かに近付く。

圭一は本棚を見上げている。探している本があるのだろう。もさもさ頭が右へ左へときょろきょろ動いている。

そっと忍び寄って、耳に息を吹きかけてやろうか。

にやにやとしながら一歩近付く。その時、別の方向から誰かが彼を呼んだ。

「青柳、こっち」

圭一がハッと横を向く。ビクッと吉野も立ち止まり、釣られるようにして声がする方向を見やった。文庫コーナーの一番端の棚の前。背の高い男が立っている。そいつが圭一を手招きしているのだ。

更に驚くことに、圭一がひょいひょいとその手招きに向かって寄っていったのである。

ちょっと待て——吉野は唖然《あぜん》とした。誰だ、あの男は。しかもあの圭一があんなに親しげに話している。

咄嗟《とっさ》にラックに立ててあった雑誌を掴んで顔の前で開いた。動揺して手に取った雑誌は酪農の情報誌。白黒の立派なホルスタインのグラビアに顔を埋めるようにして、二人の様子を窺《うかが》う。

男が一冊の文庫を引き抜いて、裏表紙を指差している。その隣から圭一が覗《のぞ》き込むようにして見ていた。本好きな圭一にはありがちな光景だ。だがしかし、あの距離は近すぎじゃないか？　相手は長身の眼鏡男子だ。しかも文庫を持つ姿が様になる、インテリイケメン。眼鏡が何か言った。圭一がパッと顔を上げて、こくこくと頷《うなず》いている。歯痒いことに何だか嬉しそうだ。

一体、二人で何を話しているのだろうか。

「……クソッ、声が聞こえねえ」

目を離さず、数歩横へ移動する。その時、ドンと誰かにぶつかった。

「あ、すみません」

吉野は慌てて謝った。すぐ傍《そば》で立ち読みをしていたガタイのいい学生も謝ってくる。

「いや、こっちこそヨソミしてて……あれ？」

アイドルのグラビアに顔を埋めるようにして立っていた彼が、ふと声を潜《ひそ》めて言った。

「誠羅《せいら》大のヨシノくん」

「え？」

思わず眉根を寄せる。何でこの男が自分の名前を知っているのだ。一瞬警戒したが、睨《にら》みつけた彼の顔には見覚えがあった。マッチョなひげ面——。

「……ホタル先輩」

「お、俺のこと知ってくれてるんだ？　蛍川《ほたるかわ》だけどな」

雑誌を顔の高さに掲げたまま、蛍川が小声でニシシと笑った。

吉野もホルスタインに隠れるようにして答える。

「圭一の先輩でしょ。よく話は聞いてますから」

「俺も俺も。青柳からよくヨシノくんのことは聞いている。今日はうちの大学に遊びに来たの？　相変わらず仲いいねえ」

「……そのつもりだったんすけどね」

「ああ、あれ見つけちゃった？」

蛍川が雑誌越しに顎をぐいっとして指し示した。彼も本棚の前にいる二人に気づいていたらしい。

「最近よく見かけるんだよ、あの二人」

「え、マジで？」

思わず年上の彼に対して礼儀を忘れてしまう。だが、蛍川はまったく気にしていない素振りで頷いた。

「マジでマジで。青柳にとうとう新しい友達ができたんだよ。鮎河《あゆかわ》っていうんだけどさ」

「アユカワ？」

聞き覚えがある。彼らが仲良しなのにも納得がいった。最近になって圭一にできた唯一の同期の友人だ。

「あいつが鮎河か」

「ヨシノも知ってんの？」

「名前だけは。まさかあんな眼鏡男子だとは思ってなかったですけど」

いや、眼鏡をかけているのは知っていた。だが、圭一から聞いていた話ではかなりの文学青年で、相当マニアックらしい。ちょっと変わってるんだと、あの圭一が言っていたくらいだから、吉野の頭の中ではひょろっと縦に長い腺病質なタイプの男を想像していたのだ。

「ああ、確かにイケメン眼鏡男子だよな」

蛍川がグラビアページから目だけを覗かせて、奥の二人を観察している。

「こうやって見ると、青柳は案外メンクイだな」

「は？」

「だって、高校の親友がお前だろ？　で、大学の友達が鮎河。そして先輩がこの俺……」

圭一と鮎河が隣の棚に移動する。吉野は慌てて顔を伏せた。横から蛍川が不満そうに唇を尖らせて言った。

「おい、無視するなよ」

「ちょっと、黙って下さいよ。気づかれたらどうするんですか」

「別にいいだろ。お前、あいつに会いに来たんだろ？　声かければ？」

「……いや、もうちょっと見守ります。何か、楽しそうに話してるんで」

さらっと流したつもりだったが、思った以上に口調が尖ってしまう。ただの友人だとわかっていても、自分以外の野郎と仲良くしている姿は面白くなかった。

「わかるよ。何だか、巣立つ我が子を見守る母鳥の気分だよな」

唐突に蛍川がしみじみと語り出した。

「あいつらが仲良くしてるのを見かけると、こう妙に目頭が熱くなるというか。ほら、あいつ本当に全然友達を作ろうとしなかったからさ。青柳とさ、友達ができてよかったなって話したら、あいつ嬉しそうに頷いて『あんまり一人でいるとヨシノに心配されるから』って言ってたんだよ。俺も心配してたんだけど、まあよかったよな。何ていうか、ちょっと危なっかしくて放っておけないところがあるからなあ。高校からの付き合いのお前が心配するのもよくわかる」

うんうんとわかったように頷く蛍川に若干苛立《いらだ》ちながら、吉野は内心でため息をついた。

圭一は他人とかかわるのが苦手だ。警戒心も強いので、一定の距離を保ったままなかなか縮めようとはしないし、心も開かない。しかし、自分が興味を持った相手に対しては自らぐいぐい寄ってくる。そして、一旦心を許すととことん懐く。

そういうところが吉野も気に入って、庇護欲《ひごよく》をそそられたこともあった。圭一はとにかく吉野を信じ切っていて、吉野が言うのならその通りだとまったく疑いもせずに思い込んでしまう危うさも、彼から目が離せなくなる一因だった。

だが、それが自分以外の男にまで向くのは気に入らない。

蛍川の場合は百歩譲って目を瞑《つむ》ろう。しかし鮎河は――理由ははっきりとは説明できないが――とにかく何だか気に食わない。

別の文庫を引き抜いて、鮎河が何か言いながら圭一に渡している。圭一も興味津々に話を聞いているようだった。

「……共通の趣味ってヤツか」

圭一の本好きは高校の頃からだが、生憎《あいにく》吉野は活字が苦手だ。自分とは本の話ができないから、圭一に同じ趣味の友人ができたことを吉野も素直に喜んでいたのだ。――さっきまでは。

圭一がまた隣の棚に移動する。一番上の段の本を取ろうとして背伸びした。そこへ気づいた鮎河が横から手を伸ばし、その本を取ってやったのだ。圭一が微笑んで、何かを告げている。あ・り・が・と・う。

「――!」

無性に苛々した。危うくホルスタインを引き裂いてしまうところだった。

その時、チャイムが鳴り響く。

「おっ、三限目が終わったな」

蛍川が言った。圭一と鮎河も動き出した。

「ヨシノはどうするの？　青柳と合流する？　たぶん行き先は俺と一緒だけど」

雑誌を棚に戻した蛍川が、「次の授業、一緒なんだよ」と教えてくれる。去年、単位を落としてしまい、今年もまた同じ講義を受けているらしい。

「俺も一緒に行ってもいいですか。あいつらに気づかれないように」

「……別にいいけど。まだ我が子を見守る母鳥を続けるのか」

蛍川が不思議そうに首を傾げた。


広い講義室でも、圭一は鮎河と隣り合わせに座っていた。

一番後ろの席を陣取った吉野の隣には蛍川が座っている。すでに夢の中だ。

また今年も単位を落とすんじゃないかと思いつつ、遠目に圭一を観察する。寝ている学生もちらほらいる中、彼は教授の話に真面目に耳を傾けながら、熱心にシャーペンを動かしていた。

そういえば高校時代は一度も同じクラスになったことがなかった。圭一が授業を受けている姿を見るのはこれが初めてだ。

吉野は頬杖を付き、遠くのクセ毛頭が止まったり動いたりするのを眺めながら、思わず頬を弛ませた。

――かわいい……。

あのもさもさ頭に手を突っ込んで、わしゃわしゃと掻き混ぜてやりたい。ちょっと怒ったように睨みつけてくる圭一を想像して、目元を和《なご》ませる。腕を引き寄せて、ぎゅっと抱き締めたい。それから真っ赤に染まった顔を覗き込み、あの唇にキスして――。

悶々《もんもん》と妄想に耽《ふけ》っているうちに、講義が終了した。

蛍川もようやく目を覚ます。まだ夢でも見ているのか、あくびをしながらおかしなことを言い出した。

「なあ、ヨシノくん。今日の合コンどうする？」

「は？」

「せっかく会ったんだから、合コンしよう。お前なら女の子をすぐに集められるだろ？　ほら、あの辺の子たちに声をかけてきてくれよ。頼む、女の子に飢えてるんだ」

「知らないっすよ。そういうの興味ないんで」

「そんなこと言わずに、な？　この通り、頼む！」

「だからムリですって。俺、付き合ってるヤツいるし。そいつ一筋なんで、他の子に興味ないです。それじゃ、俺はこれで」

「ええっ！」と、嘆く蛍川を置いて、吉野は圭一を探した。

だが、さっきまでいた場所に彼の姿が見えない。鮎河もいない。

「あれ？　どこ行った？」

吉野は慌てて講義室を飛び出した。

授業が終わったばかりなので人が多すぎる。キョロキョロと辺りを見回して圭一の姿を探すが見つからない。

この後はアルバイトだと言っていた。だとすれば正門に向かうはずだ。一旦外に出てから電話をかけてみるか。

吉野は学生の波を掻き分けて、教育棟を出た。圭一はどこだ？　スマートフォンが上着のポケットに引っかかってなかなか出てこない。苛々しながら不審者みたいに首をあちこちめぐらせていると、ちょうど階段の下を歩くもさもさヘアを発見した。

いた！　電話をやめてレンガ敷きの通路を走る。階段を下りようとしたその時、圭一の隣を歩く男の姿が視界に入った。鮎河だ。

「あいつ、まだ一緒にいるのかよ……っ」

仲良さそうに肩を並べて歩いている。吉野は思わず舌打ちしてしまった。このまま駅まで一緒に帰るつもりだろうか。まさか家まで近所じゃないだろうな。ジャケットのポケットに両手を突っ込み、二人の後ろ姿を睨み据えるようにしてあとをつける。

圭一が夢中になって鮎河に話しかけている。何の話をしているのだろう。相変わらず本の話題だろうか。

高校の頃、圭一に頼んで太宰治《だざいおさむ》の本を何冊か勧めてもらったことがある。しかし、吉野の頭にはさっぱり内容が入ってこなかった。正直に感想を伝えると、圭一は「そっか」と苦笑していた。あの時、もっと興味を示していたら、圭一は吉野に対してもあんなふうに夢中になって自分の好きなものについて語ってくれたのだろうか。

今、圭一の隣で話を聞いているのが自分でないことが悔しい。

「クソッ、鮎河め」

結局、駅に戻ってきてしまった。ようやく二人が別れるのかと思いきや、なぜか圭一が自宅とは別方向のホームに向かって歩いていく。もちろん鮎河も一緒だ。

圭一はこの後アルバイト先へ直行するのではなかったのか？　そっちはまったく違う路線だ。吉野は焦った。鮎河と二人で一体どこへ行くつもりだろう。変な汗が出てくる。ドキドキが止まらない。

吉野が見張っている前で、圭一は鮎河と一緒に電車に乗り込んだ。急いで別のドアから吉野も乗り込む。

圭一の生活圏はごくごく狭い。吉野と会う約束がなければ、ほとんどそこから出ることはない。最寄り駅近くの大型書店さえあれば、圭一は満足なのだ。

それなのに――。

ちらちらと二人の様子を視界の端に捉えながら、頭の中ではぐるぐるとよからぬ妄想が渦《うず》を巻く。遠目に監視していると、彼らの傍に立っていた女子高生たちが、こそこそと何やら内緒話をしているのが見て取れた。彼女たちのあからさまな目線は一点に集中している。鮎河だ。インテリぶった眼鏡男子の澄ました顔は腹が立つくらい憎らしい。

彼は夢中になって口を動かしている圭一の話を聞きながら、相槌を打ち、時折何か言い返している。それに圭一が「そうなんだよ!」と言わんばかりに食いつく様子が、吉野を益々苛立たせた。

窓に映る自分の姿を見て、思わず鮎河と比べてしまう。身長や体型は大差ない。やっぱりこの茶髪が浮ついて見えるのだろうか。鮎河のすっきりとした黒髪を横目に見て心の中で舌打ちをする。圭一はああいうのが好みか? 眼鏡もあった方がいいのか?

こうやって見ると、青柳は案外メンクイだな——蛍川の声が蘇った。

そういえばと吉野は思い出す。高校時代、圭一の失恋話を聞いたことがあった。あの時の相手も学年で五本の指に入るくらいの美人だったはずだ。告白だの何だのという以前に、彼女に男ができて何もできないまままあえなく撃沈——という話だった気がする。確かに、当時は吉野も「こいつ、実はメンクイだな?」と思った覚えがある。

しかし今になって考えると、あれは圭一がついた嘘だったのだろう。再会してから圭一との会話の中で、木下《きのした》の件も含めてかみ合わない部分がちょこちょこあったのだ。圭一はまったく気づいていないようだったが、吉野はその時から何となく引っかかりを覚えていた。

しかし、当の本人は吉野のことを「初めて好きになった人」と豪語しているわけで、今更蒸し返すのは無粋というやつだろう。どうせ圭一のことだ。もうすっかり忘れているだろうから、当時の疑問は吉野の心の中に鍵をかけてしまっておくことにする。

圭一が嘘をついた理由は彼の性格上、何となく予想がつくのでまあいいかと思う。大方、吉野の気を引くための口実だったのだろう。とにもかくにも、あの一件がきっかけで吉野と圭一は急接近することになったのだから、今となってはいい思い出だ。

それよりも、現在の圭一の交友関係の方が問題だった。

ちらっと様子を窺うと、まだ圭一は何やら夢中になって話していた。わざわざ鮎河の方へ体ごと向けて。ここに吉野がいると気づかれては困るが、いい加減、その男じゃなくてこっちを向いてくれと思わず念を送ってしまう。

苛々していると、車内アナウンスが流れた。

目的地に到着したのか、二人が立ち上がった。吉野も急いで後を追う。

駅を出ても圭一と鮎河が別れる気配はない。人が多くて苦手なはずの繁華街を、圭一は鮎河と一緒に歩いていく。

二人のあとをつけながら、吉野の不安は増すばかりだ。

アルバイトだと嘘までついて、圭一が鮎河と二人でこんなところに来る理由がわからない。

彼らの後ろ姿を眺めていると、会話も弾みとても楽しそうで、まるで二人のデート現場を見せ付けられている気分だった。

まさかなと思う。まさか、圭一に限って浮気なんてありえない。

しばらく歩き、二人はあるスポーツショップに入っていった。

吉野は店の看板を見上げて首を捻《ひね》った。インドア派の圭一がスポーツ？　今までまったくそんな話を聞いたことはなかったが、何か始めるつもりだろうか。鮎河と二人で？

そっとショーウィンドウ越しに中を覗き見る。テニスラケットの前で話し込んでいる二人を発見した。テニス？　あの圭一がテニス？　「よくこんな小さな的にボールを当てて返せるよな」と、テレビを見て感心していたようなヤツが？　鮎河に手取り足取り腰取り教えてもらうつもりだろうか。想像してふざけんなと首を横に振る。

咄嗟にスマホを取り出して、圭一に電話をかけていた。

数回のコール音の後に、『も、もしもし？　吉野？』と、圭一の焦ったような声が聞こえてくる。

「圭一？　今、お前どこにいるの？」

商品棚の向こうにあわあわと慌てる圭一のもさもさ頭が垣間見《かいまみ》える。鮎河はどこか別の場所に移動したようだ。

『え？　い、今？　ええっと、これからバイトだから、向かってるところ……だよ』

「……へえ」

すっと体温が下がったような気がした。下手くそな嘘をつかれて苛々する。やはり、鮎河と一緒にいるのは突発的な出来事ではなく、最初から計画していたということか。

「今日、暇だからバイト先に行ってもいい？　お前がこの前くれたゴーヤチップス、あれ美味かったから今度は俺も買おうかと思って」

『え！　い、いや、今日はダメだ』

「何で？」

『何でって、えっと、その……』圭一が口ごもった。『きょ、今日は、いろいろ忙しくて、俺も店長もバタバタしてると思うから。だから、ゴーヤチップスは俺が買っとくよ』

「……ふうん、そっか。じゃあ、仕方ないな」

電話の向こう側で、明らかに圭一がホッとしたような息をついた。――何だよ、それ。心の中で毒づく。胸に抑え込んだ感情を声に出さないよう、唇を噛み締めてどうにか堪えた。

何で嘘をつくんだ。バイトじゃなくて、鮎河と一緒だろ。不満と不安が募って圭一を責めてしまいそうになる自分を必死に押し殺す。ただの友人なら隠す必要はないはずだった。それなのに嘘をつかれた。吉野には知られたくないということだ。何だよ、ソイツと何か疚《やま》しいコトでもあるのかよ――。

その時、『青柳』と、鮎河が圭一を呼ぶ声が聞こえた。

『あ！　よっ、吉野。俺、もうお店に着いたから。じゃあ、切るね』

最後はこっちの返事も聞かずに一方的に通話が途切れた。ガラス越しに店内を覗くと、姿を消していた鮎河が戻ってきて圭一と何やら話している。圭一が嬉しそうに笑う。

「……っ」

胸がぎゅっと締め付けられたみたいに苦しくなった。

圭一が何を考えているのかわからない。やばい――俺、もしかしてフラれるのか？

心臓が変な音を立てて高鳴り始めた。圭一に限ってと自分に言い聞かせながらも、嫌な妄想が止まらない。何せ、吉野にとっては圭一が唯一の交際相手だ。誰かと付き合った経験が初めてなのだから、別れる瞬間のことなど到底想像できない。考えたくもない。

圭一を疑いたくはない。だが、どうしても嘘をつかれたことが引っかかる。

付き合い始めてまだたったの四ヶ月だ。世間一般で言っても、今は蜜月じゃないのか？

何か圭一からサインが出ていたのだろうか。てっきり上手くいっているもんだとばかり思っていたが、浮かれ気分の吉野が圭一の異変を見落としていたのか？　ここ最近、バイトのシフトが増えたのは、あれは本当にバイトだったのだろうか。もしかしてあれも全部、鮎河と一緒だったんじゃ……。

血液が急に凍りついたみたいに手足の先が冷たくなってくる。何だこれ？　苛々して頭は沸騰《ふっとう》しているのに、胸の底からはぞっとするほど冷えた水が染み出てくるような気持ち悪さが込み上げる。不安で堪らない。

ハッと顔を上げると、知らない女の子が二人立っていた。

「あの、大丈夫ですか？」

「顔色が悪いですよ」

「どこか、具合でも悪いんですか？」

彼女たちが口々に声をかけてくる。女子大生だろうか。濃い目の化粧に、もう十一月も終わるのに華奢《きゃしゃ》な生足を北風に晒《さら》して寒そうな恰好をしている。

「……ああ、すみません。大丈夫ですから」

即座に前屈みになっていた体勢を立て直した。だが彼女たちは両脇から「でも、気分悪そうですよ?」「急に動かない方がいいですって」と、吉野の顔を覗き込んでくる。気遣ってくれているのか、それとも別の目的があるのか。媚びるような目線や甘ったるい口調から察するにおそらく半々だろう。こういうタイプの女の子が考えていそうなことは何となく読めるのに、一番知りたい圭一の心はちっとも掴めない。

「本当に、大丈夫だから……」

鬱陶《うっとう》しく思いながら、吉野はやんわりと彼女たちを押しやる。その時、店から圭一と鮎河が出てきた。

二人は吉野に気づかずに背を向けて歩き出す。

圭一はショップバッグを手に提げていた。それが擦れ違った相手にぶつかる。慌ててバッグを抱えようとして、何もないところで蹴躓《けつまず》いた。

「危な……っ」

思わず吉野は声を上げて、反射的に一歩踏み出していた。

しかし、大きくつんのめった圭一を支えたのは、隣にいた鮎河だった。

鮎河の口が動く。『大丈夫か、青柳?』

それに対して、圭一がはにかむようにして答える。『ごめんな、鮎河。ありがとう』

脳内でアテレコをしながら、頭の中で何かがブツンと切れた。

しつこく話しかけてくる両脇の彼女たちを押し退けて、吉野は駆け出す。鮎河から圭一の腕を奪うようにして、二人の間に割って入った。

「圭一！　こんなとこで何やってんだよ」

突然現れた吉野をビクッと振り仰ぎ、圭一がぽかんとした。

「……よ、吉野？　え、何で」

「それはこっちのセリフだ。お前、バイトじゃなかったのかよ」

「――！」

ぎくりとした圭一が途端にあわあわし始める。反対にまったく動じていない鮎河が、切れ長の目で吉野を見やり、ゆっくりと瞬いた。

「吉野って……ああ、じゃあこの人が例の」

「あ、鮎河！」

圭一が焦ったように鮎河を止める。そのやりとりにまたイラッとして、吉野は圭一の腕を掴むとぐっと引き寄せた。

「え、吉野？」

「帰るぞ」

「あ、え、ちょっと待って……っ」

戸惑う圭一を強引に連れ去る。去り際、思いっ切り鮎河を睨みつけてやった。それまで無表情だった鮎河が、一瞬怯《ひる》んだように眼鏡の奥で目を瞬かせた。

圭一を連れて、ひとけのない適当な路地に入る。

立ち止まって振り返ると、圭一は息を切らして俯いていた。懸命に呼吸を整えながら、おずおずと顔を上げる。

「……よ、吉野？　ど、どうしたんだ？」

「何で嘘をついたんだよ。本当は今日、バイトは休みなんだろ？」

すぐさま切り返すと、圭一がうっと言葉を詰まらせた。

「さっきのアイツ——鮎河と一緒だって、俺に隠す必要があったのか？　鮎河なら、俺だってお前から聞いて名前ぐらいは知ってる。友達と一緒ならそう言えばいいだろ。何でバイトだなんて嘘ついたんだよ」

「それは、その……」

圭一が気まずそうに言い澱む。大事そうに腕に抱えたショップバッグが気になるようで、ちらちらと目線を落とす様子が見て取れた。無性に苛々する。

「それ、何？」

「え？」

圭一がビクッと顔を上げた。

「あ、えっと、これは……」

「運動に興味のないお前がスポーツショップに何の用があったんだ？　鮎河にそそのかされて何か始めるのか？　それ、ラケットじゃないよな。何？　シューズか何か？　ジョギングでも始めんの？」

言葉が尖る。しかし圭一は驚いたように目を瞠《みは》って、ぶんぶんと首を左右に振った。

「ち、違うよ。これは俺のじゃない」

「だったら鮎河の？　そういえばアイツ、俺の名前を知ってたよな。『例の』って何？　アイツに俺のことをどう説明してるんだよ」

「えっと、それはその……」

追い詰められた圭一がぎゅっと唇を噛み締める。そして観念したように、無言のままショップバッグを吉野に差し出してきた。

「何だよ」

「これは、俺のでも鮎河のでもない。吉野のだから」

「え？」

吉野は面食らった。予想外の展開に理解が追いつかない。「ん」と、圭一が子どものように持ち手を握り締めた腕を伸ばしてくる。吉野は動揺しながらそれを受け取った。

袋の中にはシューズボックスが入っていた。手を突っ込み、蓋を開けてびっくりする。

「このスニーカー……」

「前に吉野が雑誌を見ていて、いいなって言ってたヤツ」

圭一がバツの悪そうな顔をして答えた。

「あの店は、鮎河の叔父さんが経営している店なんだ。俺、よくわかんないからあの雑誌を鮎河に見せたら、限定品で人気があるからなかなか手に入らないかもって言われたんだよ。

でも、鮎河が叔父さんに頼んでくれて、一足だけ手に入ったから取り置きしてもらってたんだ。バイト代が昨日入ったから、さっきこれを買って……」

もさもさ頭がしゅんとする。

「本当は、クリスマスプレゼントにするつもりだったんだけど。バレたから仕方ない。ごめん、一ヶ月も早いけど」

「――!」

胸が詰まって、吉野は思わず圭一を抱き締めていた。ぐるぐると脳内で繰り広げていた馬鹿な妄想があっけなく引っくり返される。恥ずかしすぎてほとほと自分に嫌気が差す。

腕の中で圭一が狼狽《うろた》えた。

「よ、吉野? こんなところじゃ、誰か来るかもしれないから……」

「圭一、ごめんな。俺サイテーだ。一瞬、もしかしたらってお前と鮎河のこと疑った」

「? 疑ったって、何を?」

「……鮎河にヤキモチを焼いたんだよ。実は、偶然二人を大学の本屋で見つけた時から、ずっとあとをつけてた」

「え!」

圭一が声を裏返した。

「吉野、うちの大学に来てたのか? 何で言ってくれなかったんだ」

「言おうと思ったけど、二人があまりにも仲良く話してたから、声をかけそびれた。どこへ行くにも二人でくっついてるし。お前が楽しそうに鮎河と話してるのを見ながら、俺はずっとイライラしてたんだよ」

情けない心情を吐露《とろ》する。

一瞬、沈黙が落ちた。子どもじみた吉野の行動に、さすがの圭一も呆《あき》れただろうか。

しかし、腕の中の圭一を見下ろして、吉野は眉をひそめた。

「……おい、何を笑ってるんだよ」

クセ毛頭に思い切りフウッと息を吹きかけると、圭一がハッと上目遣いに見上げてくる。

「あ、ごめん。何で鮎河になのかわからないけど、吉野もヤキモチを焼くんだなと思って。いつも飄々《ひょうひょう》とした感じで、何でも上手くさらっと躱《かわ》すかっこいいイメージがあるから」

吉野は思わず押し黙った。

「……全然かっこよくなんかないだろ」

今日だって一人でジタバタして、あげくの果てには吉野のために内緒でプレゼントを準備していた圭一を疑ってしまった大馬鹿者だ。バイトのシフトを増やして、わざわざ苦手な人込みにまで出かけてくれたのに——まずい、嬉しくてちょっと泣きそうだ。

「お前の方がずっとかっこいいよ。……惚れ直した」

「え？　俺がかっこいいわけないだろ」

圭一が真顔で首を傾げた。

「でも、イライラする気持ちはわかるよ。俺もよく、吉野が女の子に囲まれているのを見るとイライラするから。吉野がもし、そういう時の俺と同じ気持ちになってくれたとしたら、それはちょっと……嬉しいかもしれない」

ちらっと見上げてきた圭一の顔がぱあっと朱《しゅ》に染まる。

——何だ、そのかわいい反応は！

堪らずぎゅっと抱き締めた。

「よ、吉野、ちょっと苦し……んぅ、んんっ」

咬みつくようにして唇を重ねる。

少し物事に対する考え方が変わっていて、どこか危なっかしいところのある圭一には自分が傍についていてやらなければいけないと思っていた。だが、本当は吉野の方が圭一を手放せなくなっているのかもしれない。全身から溢れ出すほど彼への愛しさが込み上げてくる。

「……圭一、好きだよ」

息を荒らげた圭一が、目を潤ませて少し戸惑うように言った。

「う、うん。俺も、吉野のことが好きだ」

「——やっぱ、お前かわいいわ」

「え、あ、ちょっと吉野、お、重いって」

覆い被さるようにして圭一を抱き締める。恥ずかしそうに身を捩《よじ》る圭一の両頬に何度もキスを落とす。

自分が好きな相手と相思相愛の関係になることにずっと憧《あこが》れていた。

圭一と一緒にいたい。このもさもさ頭をいつでも撫で回せる距離にいてほしい。大学を卒業して就職しても。何年後、何十年後でも、圭一が傍で笑っていてさえくれれば、それで吉野は幸せなのだと思う。

——大好きだ。

「なぁう」

通りすがりの野良猫がちらっとじゃれ合う二人を見上げて、気を遣うように足早に駆け抜けていった。

あとがき

このたびは『それが恋とは知らないで』をお手に取っていただき、ありがとうございました。実はこのお話、結構前に書いたものでして、ワケあって放置状態だったのです。今回ご縁があってこのような形で蘇りました。

もう何年も前の話ですので、久々に読み返すのは本当に赤面もの。当時はまだそこまでスマホ所有率が高くなかったので、吉野《よしの》もガラケーでした。あれからこんなに時代が変わってしまったのだな……と、恥ずかしい一方で感慨深いものもあり、必死に修正を加えながら懐かしい気持ちに浸っておりました。

圭一《けいいち》の性格は、『恋愛とかよくわかんない。それって生きてくために必要なの？』という、ちょっと冷めた部分のある子にしたかったのですが、出来上がってみればただの天然になってしまいました。吉野はもっとカッコよかったはずなのに、やっぱり最後はヘタレてしまって、「あら？　どうしてこうなった？」と、担当さんと一緒に首を捻った記憶があります。

でもそこは、イラストの魔法です！

今回も素敵なイラストを描いてくださった、すがはら竜《りゅう》先生。前作の『うさぎの嫁〜』に引き続き、お忙しい中、本作も引き受けてくださってどうもありがとうございました。カッコイイ吉野のラフが届いた瞬間、「おおっ！」と、担当さんと大喜びしました。この吉野なら多少ヘタレても大丈夫！　十分カッコイイ！　そして圭一。こちらもまたかわいらしく描いていただきました。ちょっとズレていて面倒臭い子だけど、イラストのくるくる感で愛しさ倍増です！　ちょうど一年ぶりですが、またご一緒できて嬉しかったです。本当にどうもありがとうございました。

そして、いつもお世話になります担当様。お蔵入りになるはずだった本作を拾ってくださった方です。思えば、いろいろあったなあ……と。遠い目をして考えてしまいますが、忘れずに覚えてくれていた担当さんには感謝の一言に尽きます。

「圭一の首を吉野が……のシーンがずっと頭に残っていた」と言ってもらって、あれは本当に嬉しかったです。見捨てずに付き合ってくださったこと、恩に着ます。ありがとうございました。ご迷惑をおかけしてばかりですが、これからもどうぞよろしくお願いします。

最後に、ここまで読んでくださったみなさまへ。

私の中では、圭一は手入れされていない、もさっと毛が伸びて目元もちょっと隠れてしまっているようなちっこい黒犬のイメージでしたが、みなさんにはどんなふうに映ったでしょうか。興味対象を見つけて、尻尾を振ってぴょんぴょんついていく圭一と、一見ウザそうにしてみせながら、結局世話を焼いてしまう吉野のピュアな恋愛模様を楽しんでいただけたら嬉しいです。

どうもありがとうございました！

榛名《はるな》　悠《ゆう》

LiLiK Label

この本を読んでのご意見、ご感想などをお寄せください。
榛名 悠先生、すがはら竜先生へのお便りもお待ちしております。

〒162-0814 東京都新宿区新小川町 8-7
株式会社大誠社　LiLiK 文庫編集部気付

大誠社リリ文庫
それが恋とは知らないで

2016 年 1 月 31 日　初版発行

著者　榛名　悠
発行人　柏木浩樹
発行元　株式会社大誠社
〒162-0813　東京都新宿区東五軒町5-6
電話03-5225-9627(営業)
印刷所　株式会社 誠晃印刷

ISBN　978-4-86518-060-2　C0193